JANE AUSTEN
(1775-1817)

Jane Austen nasceu em 16 de dezembro de 1775, em Steventon, na Inglaterra, sétima filha do reverendo anglicano George Austen e de sua mulher, Cassandra. Jane e sua irmã mais velha, também Cassandra, eram as únicas filhas mulheres entre vários irmãos homens.

Entre 1782 e 1786 Cassandra e Jane tiveram educação formal, frequentando duas escolas para moças, em Oxford e em Reading. Mas o pai, de quem Jane era muito próxima, tinha uma ampla biblioteca de literatura e incentivava que as filhas ampliassem seus conhecimentos com a leitura e a escrita. Era hábito na casa da família Austen a produção de pequenos espetáculos artísticos domésticos, como peças ou mesmo leitura de histórias, num ambiente de incentivo à educação, à criatividade e ao diálogo – inclusive para as filhas mulheres.

Aos 12 anos, Jane já escrevia histórias e poemas, que ficariam posteriormente conhecidos como seus trabalhos de juventude. Em 1789, escreveu *Amor e amizade* e passou a se dedicar à literatura com mais seriedade. Em 1799 concluiu um escrito intitulado *First impressions*, que daria origem a *Orgulho e preconceito*. Algumas tentativas de publicação do trabalho da filha foram feitas pelo reverendo Austen, sem sucesso. Por essa época ela começou a trabalhar em *Susan*, que depois seria publicado como *A abadia de Northanger*. Em 1800 o reverendo se aposentou, e em função disso a família se mudou para a cidade de Bath. Dois anos depois, Jane receberia sua primeira e única proposta de casamento, de Harris Bigg-Wither, amigo dos Austen. Aceitou por razões de conveniência social e financeira, mas, não tendo amor pelo pretendente, voltou atrás no dia seguinte.

Em 1803, Henry, o irm
um acordo com um editor l
publicação de *Susan*, o que,
Jane se dedicava a um novo

1805, morreu George Austen, já adoentado. A mãe e as duas filhas passaram a ser sustentadas pelos irmãos e mudaram várias vezes de residência.

Graças à iniciativa de Henry, em outubro de 1811 foi publicado *Razão e sensibilidade*, pelo editor Thomas Egerton; o romance recebeu críticas favoráveis e esgotou a primeira edição em dois anos. Em janeiro de 1813, o mesmo editor publicou *Orgulho e preconceito*. A recepção positiva garantiu uma segunda tiragem em outubro do mesmo ano. Seguiu-se a publicação de *Mansfield Park*, o maior sucesso da autora na época. Jane começou a publicar por um novo editor, John Murray, que lançou *Emma* (1815). Apesar do êxito literário, a situação financeira da família se deteriorou. Henry recuperou os direitos de *Susan*, que seria publicado como *Catherine*. No início de 1816, a saúde de Jane já havia declinado, mas ela continuou trabalhando com afinco em seus projetos. No ano seguinte, a doença (possivelmente mal de Addison) se agravara. Em abril de 1817, a autora estava acamada. Henry e Cassandra buscaram ajuda médica para a irmã em Winchester, onde ela faleceu em 18 de julho, deixando vários trabalhos inacabados.

Henry e Cassandra providenciaram a publicação de *A abadia de Northanger* e *Persuasão*, em dezembro de 1817, contendo uma breve homenagem à irmã e pela primeira vez revelando ao público o nome da autora dos trabalhos previamente publicados.

Livros da autora publicados pela **L&PM** EDITORES:

A abadia de Northanger
Amor e amizade & outras histórias
Emma
Jane Austen – SÉRIE OURO *(A abadia de Northanger; Razão e sentimento; Orgulho e preconceito)*
Mansfield Park
Lady Susan, Os Watson e Sanditon
Orgulho e preconceito
Persuasão
Razão e sentimento

JANE AUSTEN

Amor e amizade
& outras histórias

Tradução de Rodrigo Breunig

Prefácio de G. K. Chesterton

www.lpm.com.br

Coleção **L&PM** POCKET, vol. 1231

Texto de acordo com a nova ortografia.
Título original: *Love and Friendship*

Primeira edição na Coleção **L&PM** POCKET: janeiro de 2017
Esta reimpressão: junho de 2022

Tradução: Rodrigo Breunig
Tradução do prefácio: Julia da Rosa Simões
Capa: L&PM Editores sobre ilustração de Birgit Amadori
Preparação: Marianne Scholze
Revisão: Lia Cremonese

CIP-Brasil. Catalogação na publicação
Sindicato Nacional dos Editores de Livros, RJ.

A54a

Austen, Jane, 1775-1817
    Amor e amizade & outras histórias / Jane Austen; tradução Rodrigo Breunig. – Porto Alegre, RS: L&PM, 2022.
    144 p. ; 18 cm. (Coleção L&PM POCKET; v. 1231)

    Tradução de: *Love and Friendship*
    ISBN 978-85-254-3440-1

    1. Ficção inglesa. I. Breunig, Rodrigo. II. Título.

16-35473   CDD: 823
                              CDU: 821.111-3

© da tradução, L&PM Editores, 2016

Todos os direitos desta edição reservados a L&PM Editores
Rua Comendador Coruja, 314, loja 9 – Floresta – 90.220-180
Porto Alegre – RS – Brasil / Fone: 51.3225.5777

Pedidos & Depto. Comercial: vendas@lpm.com.br
Fale conosco: info@lpm.com.br
www.lpm.com.br

Impresso no Brasil
Inverno de 2022

Sumário

Prefácio – *G. K. Chesterton* | 7

Amor e amizade | 17
As três irmãs | 75
Uma coletânea de cartas | 101

Prefácio*

G. K. Chesterton**

Em recente controvérsia na imprensa a respeito da tolice e da uniformidade de todas as gerações humanas que nos precederam, alguém disse que no mundo de Jane Austen esperava-se que as mulheres desmaiassem quando pedidas em casamento. Aos que leram qualquer livro da autora, essa associação de ideias parecerá um tanto cômica. Elizabeth Bennett, por exemplo, recebeu duas propostas de casamento de dois admiradores bastante confiantes, e mesmo autoritários; e é certo que não desmaiou. Seria mais próximo da verdade dizer que eles é que desmaiaram. Seja como for, pode ser engraçado, para os que se divertem com esse tipo de coisa, e talvez até informativo, para os que precisam desse tipo de informação, saber que poderíamos considerar a primeira obra de Jane Austen, aqui publicada pela primeira vez, uma sátira sobre

---

* Publicado pela primeira vez na edição de 1922 de *Amor e amizade e outras histórias*. [Tradução de Julia da Rosa Simões]. (N.E.)

** G.K. Chesterton (1874-1936), escritor e jornalista britânico, criador do célebre personagem Padre Brown, protagonista de inúmeras histórias de mistério, como em *A inocência do Padre Brown*, Coleção L&PM POCKET. (N.E.)

a fábula da mulher que desmaia. "Cuidado com os desmaios... Embora de momento possam ser refrescantes e agradáveis, no final provarão ser, creia em mim, se repetidos demais e em estações impróprias, destrutivos para sua constituição..."

Tais foram as palavras da moribunda Sophia para a aflita Laura; e há críticos modernos que citam as duas para corroborar a tese de que a sociedade como um todo desmaiava no primeiro decênio do século XIX. Na verdade, porém, o ponto desse pequeno gracejo é dizer que os chiliques sentimentais não são ridicularizados porque eram um fato – mesmo no sentido de uma moda –, mas porque eram ficção. Laura e Sophia parecem grotescamente inverossímeis porque desmaiam de uma maneira que as mulheres reais nunca desmaiaram. Os engenhosos modernos para os quais as mulheres desmaiavam na verdade se deixaram enganar por Laura e Sophia, e, no fundo, acreditaram nelas contra Jane Austen. Eles não acreditaram nas pessoas da época, mas em seus romances mais absurdos, aqueles em que nem mesmo as pessoas que os liam acreditavam. Eles engoliram todas as solenidades de *Os mistérios de Udolpho* e nunca entenderam a ironia de *A abadia de Northanger*.

Pois se há uma obra posterior que a juvenília de Jane Austen anuncia em particular, sem dúvida é o lado cômico de *A abadia de Northanger*. Vamos falar um pouco da considerável importância desse lado; mas será bom dizer, antes, algo a respeito das próprias obras como objetos da história literária. Todos sabem que a romancista deixou um fragmento inacabado, postumamente publicado com o título de *Os Watson*, e uma novela epistolar completa, *Lady Susan*, que aparentemente ela própria havia decidido não publicar. Essas preferências não passam de preconceito, no sentido de uma incontrolável questão de gosto; mas confesso que acho um estranho acidente histórico que coisas tão comparativamente tediosas quanto *Lady Susan* já tenham sido publicadas, enquanto um texto tão comparativamente animado quanto *Amor e amizade* nunca o tenha sido até o momento. Trata-se, no mínimo, de uma curiosidade da literatura o fato de que curiosidades literárias como essa tenham permanecido ocultas, quase que por acidente. Sem dúvida percebeu-se, com muita propriedade, que podemos ir longe demais depois que começamos a esvaziar o cesto de lixo de um escritor de gênio na cabeça do público, e que em certo sentido esse cesto de lixo é tão sagrado quanto o túmulo. No entanto, e sem atribuir-me mais direito no assunto do que qualquer pessoa tem a seu gosto pessoal, espero que me permitam dizer que, de minha parte, teria deixado *Lady Susan* no cesto de lixo se pudesse ter reconstituído *Amor e amizade* para meu álbum pessoal, a fim de rir de novo e de novo como se risse das grandes farsas de Peacock ou Max Beerbohm.

Jane Austen deixou tudo o que tinha, inclusive esses e outros manuscritos, à irmã Cassandra; o segundo volume desses manuscritos, que contém aqueles, foi deixado por Cassandra ao irmão, o almirante sir Francis Austen. O almirante deu-o à filha Fanny, que por sua vez deixou-o ao irmão Edward, que foi reitor de Barfrestone, em Kent, e pai da sra. Sanders, a quem devemos a sábia decisão de publicar as primeiras fantasias da tia-avó, que poderíamos ser levados ao erro de chamar de tia-bisavó. Que cada um julgue por si; penso, de minha parte, que ela trouxe à literatura e à história literária algo de intrinsecamente precioso; e que carradas de material impresso regularmente reconhecidas e publicadas ao lado das obras dos grandes escritores são muito menos características e muito menos significativas do que esses lampejos precoces.

Porque *Amor e amizade*, ao lado de algumas outras páginas dos fragmentos que o acompanham, é de fato uma farsa escandalosa; algo muito melhor do que aquilo que as mulheres da época chamavam de agradável escândalo. É uma dessas coisas que podem ser lidas com prazer porque foram escritas com prazer; em outras palavras, é ainda melhor por ser juvenil, no sentido de ser jovial. Dizem que ela escreveu esses textos aos dezessete anos, no mesmo espírito, ao que tudo indica, com que se escrevia uma revista familiar; pois os medalhões inseridos no manuscrito foram obra de sua irmã Cassandra. O conjunto está cheio do bom humor que sempre é mais intenso no privado do que em público, assim como as pessoas riem mais alto em casa do que na rua. Muitos de seus admiradores não esperariam, e talvez muitos não apreciariam, o tipo de gracejo que encontramos na carta à jovem senhora "cujos sentimentos eram intensos demais para seu julgamento" e que incidentalmente observa que "Matei meu pai com uma idade um tanto precoce, desde então matei minha mãe e agora estou prestes a matar minha irmã". Pessoalmente, acho isso admirável; não a conduta, mas a confissão. Mas há muito mais que hilaridade no humor, mesmo nesse estágio de seu desenvolvimento. Encontramos quase que em toda parte uma certa ordem no absurdo. Encontramos, em grande medida, a veia irônica de Austen: "O nobre jovem nos informou de que seu nome era Lindsay – por razões particulares, entretanto, haverei de ocultá-lo aqui sob o nome Talbot". Alguém realmente desejaria que isso tivesse desaparecido no cesto de lixo? "Ela nada mais era do que uma mera jovem dama bem-humorada, cortês e prestativa; como tal, dificilmente poderíamos desgostar da moça – ela era somente um objeto de desprezo." Não será este o primeiro esboço ligeiro de Fanny Price? Quando uma grande batida repercute à porta do chalé rústico próximo ao Usk, o pai da heroína se pergunta sobre a natureza do barulho, e com prudentes inferências consegue-se defini-lo como alguém batendo à porta.

— Sim — exclamei eu —, não consigo deixar de pensar que só pode ser alguém que bate com intenção de entrar.
— Essa é outra questão — retrucou ele. — Não devemos ter a pretensão de determinar quais seriam os motivos levando essa pessoa a bater... entretanto, que alguém de fato bate à porta, disso estou em parte convencido.

Não haverá, na exasperante indolência e lucidez dessa réplica, uma sombra de outro pai mais célebre? E não ouviremos, por um momento, no chalé rústico próximo ao Usk, a inconfundível voz do sr. Bennett?

Mas há uma razão crítica mais ampla para apreciarmos o bom humor dessas várias caricaturas e ninharias. O sr. Austen Leigh parece tê-las julgado insuficientemente sérias para a reputação de sua ilustre parenta; mas a grandeza não é feita de coisas sérias, no sentido de coisas solenes. Mesmo assim, a razão, aqui, é tão séria quanto ele ou qualquer outra pessoa poderia desejar, pois diz respeito à qualidade fundamental de um dos melhores talentos da literatura.

Um interesse psicológico muito real, quase equivalente a um mistério psicológico, é encontrado em todas as obras de juventude de Jane Austen. E isso por uma razão, entre tantas, que está longe de ter sido suficientemente enfatizada. Por maior que ela tenha sido, é provável que ninguém afirme que foi uma poeta. Mas ela foi um exemplo marcante daquilo que é dito sobre os poetas: ela nasceu assim, não se tornou assim. Comparados a ela, de fato, alguns poetas realmente se tornaram poetas. Muitos homens que pareceram inflamar o mundo deixaram uma explicação razoável sobre o que os havia inflamado em primeiro lugar. Homens como Coleridge ou Carlyle certamente acenderam suas primeiras tochas nas chamas de igualmente fantásticos místicos alemães ou platônicos contemplativos; eles tinham passado por fornalhas de cultura onde mesmo espíritos menos criativos teriam sido inflamados pelo fogo da criação. Jane Austen não foi inflamada ou inspirada, ou sequer levada a ser um gênio; ela simplesmente era um gênio. Seu fogo, o que ela tinha de fogo, começou com ela mesma; como o fogo do primeiro homem que esfregou um graveto seco em outro. Alguns poderiam dizer que seus dois gravetos eram particularmente secos. O certo é que ela, com seu próprio talento artístico, tornou interessante algo que milhares de pessoas superficialmente semelhantes teriam tornado tedioso. Não havia nada em suas condições circunstanciais, ou mesmo materiais, que parecesse obviamente destinado a produzir uma artista como ela. Pode parecer um uso bastante ousado de uma palavra inadequada dizer que Jane Austen era elementar. Pode até parecer um pouco extravagante insistir que ela era original. Mas essa objeção viria do crítico que não considerasse de fato o que se quer dizer com elemento ou origem. Talvez isso também possa ser expresso por aquilo que realmente se quer dizer com indivíduo. Sua habilidade é um absoluto; não poderia seria reduzida a influências sofridas. Ela foi comparada a Shakespeare, e nesse sentido de fato lembra a piada do homem que disse que podia escrever como Shakespeare se assim quisesse. Como se mil solteironas sentadas em mil mesas de chá pudessem ter escrito *Emma* se assim quisessem.

O interesse, portanto, ao considerarmos mesmo seus mais rudimentares primeiros escritos, está em contemplarmos uma mente e não um espelho. Ela talvez não tenha consciência de ser ela mesma; mas não tem, como tantos imitadores mais cultos, consciência de ser outra pessoa. A força, em seus mais frágeis primórdios, vem de dentro e não simplesmente de fora. Esse interesse, que cabe a ela como indivíduo dotado de um instinto superior para a crítica inteligente da vida, é a primeira razão que justifica o estudo de suas obras de juventude; é um interesse pela psicologia da vocação artística. Não digo do temperamento artístico; pois ninguém teve menos da coisa aborrecida que tal palavra geralmente descreve do que Jane Austen. No entanto, apesar disso poder ser uma razão para descobrirmos como sua obra começou, ela se torna ainda mais relevante depois que descobrimos como ela começou. É mais do que a descoberta de um documento; é a descoberta de uma inspiração. E essa inspiração é a inspiração de Gargântua e de Pickwick; é a gigantesca inspiração do riso.

Se pareceu curioso chamá-la de elementar, pode parecer igualmente curioso chamá-la de exuberante. Essas páginas revelam seu segredo; o de que ela era naturalmente exuberante. E seu poder vinha, como todos os poderes, do controle e da direção dessa exuberância. Por trás de suas mil trivialidades há a presença e a pressão dessa vitalidade; ela poderia ter sido extravagante se quisesse. Ela foi o exato oposto de uma solteirona rígida e seca; poderia ter sido fanfarrona como a Mulher de Bath se assim tivesse escolhido. Isso é o que confere uma força infalível a sua ironia. Isso é o que confere um peso extraordinário a seus não ditos. No fundo dessa artista, considerada impassível, também havia paixão; mas sua paixão original era uma espécie de alegre desdém, de espírito combativo contra tudo o que ela julgava mórbido, aproximativo ou perigosamente idiota. As armas que ela forjou eram tão bem-acabadas que poderíamos nunca ter percebido sua forja sem esses vislumbres da fornalha primitiva de onde elas vieram. Por fim, há dois fatos suplementares envolvidos, sobre os quais os críticos modernos e os correspondentes dos jornais poderão meditar à vontade e tentar explicar. O primeiro é que essa realista, ao criticar os românticos, entendeu criticá-los pelo mesmo motivo que o sentimento revolucionário tanto os admirou: pela glorificação da ingratidão filial e pela preguiçosa suposição de que os velhos sempre estão errados. "Não!", diz o nobre jovem de *Amor e amizade*, "Jamais alguém dirá que fiz a vontade do meu pai". E o segundo é que em parte alguma há sequer a sombra de um indício que sugira que esse intelecto independente, esse espírito risonho, não se contentasse com a estreita rotina doméstica em que escreveu uma história tão doméstica quanto um diário íntimo, entre tortas e pudins, sem nem mesmo olhar pela janela para vislumbrar a Revolução Francesa.

Amor e amizade
Enganada na amizade e traída no amor

À Madame La Comtesse de Feuillide,
este romance é dedicado por sua grata e humilde serva,
a autora

Carta primeira
De Isabel para Laura

Com que frequência, em resposta às minhas repetidas súplicas para que você transmitisse à minha filha um detalhamento regular das desgraças e aventuras de sua vida, você disse: "Não, minha amiga, jamais atenderei seu pedido até que eu possa já não correr perigo de experimentar outras assim terríveis".

Esse momento está chegando agora, por certo. Você completa 55 anos no dia de hoje. Se alguma vez é possível dizer, de uma mulher, que ela está a salvo da determinada perseverança de desagradáveis amantes e das cruéis perseguições de obstinados pais, por certo deve ser em tal momento da vida.

Isabel

Carta segunda
Laura para Isabel

Embora eu não possa concordar com você na suposição de que nunca mais me verei exposta a desgraças tão imerecidas como aquelas que já experimentei, mesmo assim, para evitar a imputação de teimosia ou má índole, vou satisfazer a curiosidade de sua filha; e tomara que a fortitude com a qual sofri as inúmeras aflições de minha vida pregressa lhe provem ser uma lição proveitosa para o apoio daquelas que porventura lhe sucedam em sua própria vida.

Laura

Carta terceira
Laura para Marianne

Na condição de filha da minha mais íntima amiga, creio que você tem o direito de conhecer minha infeliz história, que sua mãe tantas vezes me pediu para contar.

Meu pai era um nativo da Irlanda e um habitante de Gales; minha mãe era filha ilegítima de um fidalgo escocês com uma cantora de ópera italiana – nasci na Espanha e recebi minha educação em um convento na França.

Tendo alcançado meu décimo oitavo ano, fui chamada de volta por meus pais a meu teto paterno em Gales. Nossa mansão situava-se numa das partes mais românticas do Vale de Usk. Embora meus encantos estejam agora consideravelmente abrandados e um tanto prejudicados pelos infortúnios enfrentados por mim, fui linda outrora. Contudo, por mais adorável que eu fosse, as graças de minha pessoa eram as menores das minhas perfeições. De cada talento habitual a meu gênero eu era soberana. Quando no convento, meu progresso sempre havia excedido minhas instruções, meus conhecimentos haviam se mostrado prodigiosos para minha idade, e eu logo ultrapassara minhas mestras.

Em minha mente, centravam-se todas as virtudes que podiam adorná-la; ela era o rendez-vous de todas as boas qualidades e todos os sentimentos nobres.

Meu único defeito, se de defeito podemos chamá-lo, era uma sensibilidade tremulamente vívida, demasiado atenta a cada aflição de meus amigos, meus conhecidos e, em particular, a cada uma de minhas próprias aflições. Ai de mim, como isso mudou agora! Embora meus próprios infortúnios, com efeito, não causem menor impressão em mim do que jamais causaram, agora, no entanto, nunca sinto nada pelos infortúnios de outrem. Meus talentos também começam a desvanecer – não consigo nem cantar tão bem nem dançar com a mesma graciosidade de outrora – e esqueci completamente o "Minuet Dela Cour".

Adieu,

Laura

Carta quarta
Laura para Marianne

Nossa vizinhança era pequena, pois consistia somente de sua mãe. Ela provavelmente já lhe contou que, sendo deixada pelos pais em circunstâncias miseráveis, havia se retirado para Gales por motivos econômicos. Foi ali que nossa amizade teve início. Isabel tinha então 21 anos. Embora agradável tanto na pessoa como nos modos, ela nunca teve (cá entre nós) um centésimo de minha beleza ou meus talentos. Isabel conhecera o mundo. Havia passado dois anos num dos mais eminentes internatos de Londres; passara duas semanas em Bath e ceara certa noite em Southampton.

"Cuidado, minha Laura", ela dizia com frequência, "cuidado com as insípidas vaidades e ociosas dissipações da metrópole da Inglaterra; cuidado com os luxos despropositados de Bath e com o fedorento peixe de Southampton."

"Ai de mim!", exclamava eu, "como evitarei perigos aos quais nunca serei exposta? Que probabilidade existe de eu jamais provar das dissipações de Londres, dos luxos de Bath ou do fedorento peixe de Southampton? Eu, condenada a desperdiçar meus dias de beleza e juventude num humilde chalé no Vale de Usk?"

Ah! Mal passava por minha imaginação que o destino me faria, tão breve, trocar aquele humilde chalé pelos traiçoeiros prazeres do mundo.

Adieu,

Laura

Carta quinta
Laura para Marianne

Certa noite de dezembro, enquanto meu pai, minha mãe e eu empreendíamos conversação social em torno de nossa lareira, fomos acometidos, de súbito, por grande assombro com o som de uma batida violenta na porta externa de nosso rústico casebre.

Meu pai sobressaltou-se.

– Que ruído será esse? – disse ele.

– Parecem ser fortes pancadas na porta – respondeu minha mãe.

– É o que parece mesmo – exclamei.

– Sou da sua opinião – disse meu pai. – O ruído parece certamente proceder de alguma violência incomum exercida contra nossa inocente porta.

– Sim – exclamei eu –, não consigo deixar de pensar que só pode ser alguém que bate com intenção de entrar.

— Essa é outra questão — retrucou ele. — Não devemos ter a pretensão de determinar quais seriam os motivos levando essa pessoa a bater... entretanto, que alguém *de fato* bate à porta, disso estou em parte convencido.

Nesse instante, uma segunda e tremenda batida interrompeu meu pai em seu discurso, alarmando, em certa medida, a mim e minha mãe.

— Não seria melhor irmos ver quem é? — disse ela. — Os criados não estão em casa.

— Creio que sim — respondi eu.

— Certamente — acrescentou meu pai —, sem sombra de dúvida.

— Deveríamos ir agora? — perguntou minha mãe.

— Quanto antes melhor — respondeu ele.

— Ah! Não percamos tempo — exclamei.

Assaltou nossos ouvidos uma terceira pancada, mais violenta do que nunca.

— Estou certa de que alguém está batendo à porta — disse minha mãe.

— Creio que só pode ser esse o caso — retrucou meu pai.

— Julgo que os criados já retornaram — afirmei. — Tenho a impressão de ouvir Mary se dirigindo até a porta.

— Fico contente — exclamou meu pai —, pois anseio por saber quem é.

Eu tinha razão em minha conjectura, pois Mary, entrando naquele instante na sala, informou-nos de que se encontravam à porta um jovem cavalheiro e seu criado, os quais, perdidos em seu caminho, estavam com muito frio e pediam licença para se aquecerem junto ao nosso fogo.

– Não vai recebê-los? – perguntei.

– Tem alguma objeção, minha querida? – disse meu pai.

– Nenhuma neste mundo – respondeu minha mãe.

Mary, sem esperar ordens adicionais, deixou de pronto a sala e depressa retornou, introduzindo ali o jovem mais formoso e amável que eu jamais contemplara. O criado ela manteve para si.

Minha natural sensibilidade já se vira em grande grau afetada pelos sofrimentos do desafortunado estranho, e, tão logo comecei a contemplá-lo, senti que dele a felicidade ou a desgraça de minha vida futura por certo dependeria.

Adieu,

Laura

CARTA SEXTA
Laura para Marianne

O nobre jovem nos informou de que seu nome era Lindsay – por razões particulares, entretanto, haverei de ocultá-lo aqui sob o nome Talbot. Contou-nos que era filho de um baronete inglês, que sua mãe por muitos anos deixara de existir e que ele tinha uma irmã de tamanho médio.

– Meu pai – continuou ele – é um canalha mesquinho e mercenário... somente aos mais especiais amigos, como este querido grupo, eu assim delataria suas falhas. As suas virtudes, meu amável Polydore – (dirigindo-se a meu pai) –, as suas, cara Claudia, e as suas, minha encantadora Laura, induzem-me a depositar em vocês minha confidência.

Fizemos uma mesura.

– Meu pai, seduzido pelo falso brilho da fortuna e pela ilusória pompa dos títulos, insistiu que eu desse minha mão para Lady Dorothea. Não, nunca, exclamei eu. Lady Dorothea é adorável e cativante; não prefiro nenhuma mulher a ela; mas saiba, senhor, que desprezo a ideia de me casar com ela em conformidade com seus desejos. Não! Jamais alguém dirá que fiz a vontade do meu pai.

Todos admiramos a nobre virilidade de sua réplica. Ele continuou:

– Sir Edward ficou surpreso; talvez mal esperasse encontrar tão fogosa oposição a seu arbítrio. "De onde, Edward, por tudo que é mais espantoso", disse ele, "você tirou essa algaravia sem sentido? Você andou lendo romances, eu suspeito." Com desprezo, nem mesmo retruquei: teria sido algo abaixo de minha dignidade. Montei meu cavalo e, seguido por meu fiel William, tomei o rumo de minha tia. A casa de meu pai fica localizada em Bedfordshire, e a de minha tia em Middlesex, e, embora eu assuma com lisonja ser dotado de tolerável proficiência em geografia, não sei como aconteceu, mas me vi entrando neste belíssimo vale, o qual constato ser situado no sul de Gales, quando imaginava ter chegado ao lar de minha tia. Depois de ter vagado por algum tempo nas margens do Usk sem saber qual caminho seguir, comecei a lamentar meu cruel destino da maneira mais amarga e mais patética. Agora estava perfeitamente escuro, sequer uma estrela se fazia visível para orientar meus passos, e não sei o que poderia ter me acontecido não tivesse eu, por fim, discernido por entre o solene breu que me cercava uma luz distante, a qual, mediante aproximação, descobri ser o alegre fulgor desta lareira. Impelido pela combinação de infortúnios sob os quais eu labutara, a saber, medo, fome e frio, não hesitei em pedir admissão, que por fim ganhei; e agora, minha adorável Laura – continuou ele, tomando minha mão –, quando poderei ter a esperança de receber a recompensa para todos os sofrimentos dolorosos enfrentados por mim durante o transcurso do meu afeto por você, ao qual desde sempre aspirei? Ah! Quando me recompensará consigo mesma?

– Neste instante, querido e amável Edward – retruquei eu. Fomos imediatamente unidos por meu pai, que, embora nunca tivesse sido ordenado, fora criado com vistas à Igreja.

Adieu,

Laura

Carta sétima
Laura para Marianne

Não permanecemos no Vale de Usk senão por poucos dias após nosso casamento. Depois de dar um emocionante adeus a meu pai, minha mãe e minha Isabel, acompanhei Edward até a casa de sua tia em Middlesex. Philippa recebeu a nós dois com todas as manifestações do amor afetuoso. Minha chegada foi de fato uma surpresa agradabilíssima para ela, pois não só se encontrava na mais completa ignorância quanto a meu casamento com seu sobrinho, como nunca sequer tomara o menor conhecimento da existência de tal pessoa no mundo.

Augusta, a irmã de Edward, estava visitando-a quando chegamos. Julguei-a como sendo exatamente tal qual seu irmão a descrevera – de tamanho médio. Ela me recebeu com a mesma surpresa – mas não com a mesma cordialidade – de Philippa. Havia, em sua recepção a mim, uma frieza desagradável e uma reserva proibitiva que eram igualmente perturbadoras e inesperadas. Nos modos dela e na postura para comigo, naquele primeiro encontro, nenhuma dose de interessante sensibilidade ou amável simpatia teriam distinguido nossa apresentação uma à outra. Sua linguagem não era nem calorosa, nem afetuosa; suas expressões de deferência não eram nem animadas, nem cordiais; seus braços não se abriram para me receber em seu coração, embora os meus tenham sido estendidos para pressioná-la junto ao meu.

Uma sucinta conversação entre Augusta e seu irmão, acidentalmente ouvida por mim, intensificou minha aversão por ela e me convenceu de que seu coração não era mais formado para os laços brandos do amor do que para o terno intercurso da amizade.

– Mas você crê que meu pai algum dia irá se conformar com essa união imprudente? – perguntou Augusta.

– Augusta – disse o nobre jovem –, eu pensava que sua opinião a meu respeito seria melhor, sendo-lhe impossível imaginar que eu poderia me degradar tão abjetamente a ponto de considerar a concordância de meu pai em qualquer um de meus assuntos, sejam eles importantes ou do meu interesse. Diga-me, Augusta, com sinceridade: alguma vez me viu consultando as inclinações dele ou seguindo seu conselho na mais banal das insignificâncias desde meus quinze anos de idade?

– Edward – respondeu ela –, sem dúvida se mostra acanhado demais no louvor a si mesmo. Desde os quinze anos, apenas? Meu caro irmão, concedo-lhe total absolvição, desde os seus cinco anos de idade, de jamais ter contribuído voluntariamente para a satisfação de seu pai. Mesmo assim, não descarto meus receios de que você possa ser obrigado, dentro em breve, a degradar-se perante seus próprios olhos procurando sustento para sua esposa na generosidade de Sir Edward.

– Jamais, Augusta, jamais me rebaixarei tanto – disse Edward. – Sustento! De quais sustentos Laura irá precisar que não possa receber de mim?

– Somente os sustentos muito insignificantes de mantimentos e bebida – respondeu ela.

– Mantimentos e bebida! – exclamou meu marido de modo desdenhoso e muitíssimo nobre. – E imaginas tu, então, não existir outro sustento para uma mente exaltada (como no caso de minha Laura) do que o mesquinho e indelicado emprego de comida e bebida?

– Nenhum quem eu conheça como tão eficaz – devolveu Augusta.

– E você nunca sentiu, então, as aprazíveis dores do amor, Augusta? – disse meu Edward. – Acaso parece impossível, para seu vil e corrompido paladar, subsistir com amor? Não consegue conceber o luxo de viver todas as aflições que a pobreza pode infligir na companhia do objeto de seu mais terno afeto?

– Você é ridículo demais – disse Augusta – para discutir comigo. Entretanto, talvez com o tempo acabe convencido de que...

Nesse instante, fui impedida de ouvir o restante de sua fala pelo aparecimento de uma jovem muito bem-apessoada, introduzida no recinto pela porta junto à qual eu estivera escutando. Ao ouvir seu nome ser anunciado como "Lady Dorothea", de pronto abandonei meu posto e a segui rumo à sala, pois eu bem lembrava tratar-se da dama oferecida como esposa para meu Edward pelo cruel e implacável baronete.

Conquanto a visita de Lady Dorothea visasse nominalmente a Philippa e Augusta, tenho certa razão para imaginar que (inteirada do casamento e da chegada de Edward) me ver era um motivo principal de sua vinda.

Logo percebi que, embora adorável e elegante em sua pessoa e embora afável e polida em seu trato, ela pertencia, no tocante a delicada emoção, ternos sentimentos e refinada sensibilidade, à categoria inferior de criaturas da qual Augusta era integrante.

Não permaneceu senão por meia hora e, no decurso de sua visita, nem me confidenciou qualquer um de seus pensamentos secretos, nem solicitou a mim que lhe confidenciasse qualquer um dos meus. Portanto, você poderá imaginar com facilidade, minha querida Marianne, que não pude sentir qualquer afeição ardente ou muito sincero apego por Lady Dorothea.

Adieu,

Laura

Carta oitava

Laura para Marianne, em continuação

Lady Dorothea mal havia nos deixado quando outro visitante, tão inesperado quanto sua senhoria, foi anunciado. Era Sir Edward, o qual, informado por Augusta quanto ao casamento do irmão, viera sem dúvida repreendê-lo por ter ousado unir-se a mim sem seu conhecimento. Edward, porém, antevendo seu desígnio, aproximou-se do pai com heroica fortitude tão logo este adentrou a sala e dirigiu-se a ele da seguinte maneira:

– Sir Edward, sei qual é o motivo de sua viagem para cá... O senhor chega com o abjeto desígnio de me repreender por ter ingressado em indissolúvel enlace com minha Laura sem seu consentimento. Mas, senhor, vanglorio-me do ato. É a maior de minhas jactâncias o fato de que provoquei o desgosto de meu pai!

Assim falando, tomou minha mão e, enquanto Sir Edward, Philippa e Augusta sem dúvida refletiam com admiração sobre sua impávida bravura, levou-me daquele aposento direto à carruagem de seu pai, ainda estacionada junto à porta, na qual fomos instantaneamente transportados para longe da perseguição de Sir Edward.

Os postilhões haviam recebido ordem, a princípio, de seguir pela estrada de Londres; tão logo havíamos refletido em medida suficiente, no entanto, ordenamos-lhes que tocassem para M**, morada do mais íntimo amigo de Edward, distante poucas milhas.

A M** chegamos dentro de poucas horas e, mandando anunciar nossos nomes, fomos admitidos de imediato ao encontro de Sophia, esposa do amigo de Edward. Depois de ter sido privada de uma verdadeira amiga (pois assim denomino, Marianne, a sua mãe) durante o decurso de três semanas, imagine meu arrebatamento na contemplação de outra, muito genuinamente digna do nome. Sophia alçava-se um tanto acima do tamanho médio, muitíssimo elegante nas proporções. Um suave langor disseminava-se por suas feições adoráveis, intensificando-lhes, porém, a beleza. Era a característica de sua mente: ela era toda emoção e sensibilidade. Voamos aos braços uma da outra e, tendo trocado votos de amizade recíproca para o resto de nossas vidas, no mesmo instante desvelamos uma à outra os mais escondidos segredos de nossos corações. Fomos interrompidas na deliciosa ocupação pela entrada de Augustus (o amigo de Edward), recém-retornado de uma perambulação solitária.

Nunca em minha vida testemunhei tão comovente cena como a do encontro de Edward e Augustus.

– Minha vida! Minha alma! – exclamou o primeiro.

– Meu anjo encantador! – disse o segundo, enquanto se jogavam um nos braços do outro.

Era patético demais para os sentimentos de Sophia e os meus – desmaiamos alternadamente num sofá.

Adieu,

Laura

Carta nona
Da mesma para a mesma

Mais para o fim do dia, recebemos a seguinte carta de Philippa:

> *Sir Edward encontra-se imensamente inflamado por sua partida abrupta; levou Augusta de volta para Bedfordshire. Por mais que eu deseje desfrutar outra vez de sua deleitável companhia, não consigo tomar a resolução de arrancá-lo de onde está, em meio a tão queridos e meritórios amigos. Quando sua visitação a eles estiver terminada, você irá retornar, confio, aos braços de sua*
>
> *Philippa*

Retribuímos com uma resposta adequada a esse bilhete afetuoso, e, depois de agradecer-lhe por seu gentil convite, asseguramos-lhe de que certamente haveríamos de nos valer dele quando quer que nos ocorresse não ter outro lugar para ir. Embora com certeza nada pudesse ter parecido mais satisfatório a qualquer criatura razoável do que tão grata réplica a seu convite, mesmo assim, não sei como, mas ela certamente se mostrou caprichosa o bastante para ficar descontente com nosso comportamento e, passadas poucas semanas, fosse para se vingar de nossa conduta ou para aliviar sua própria solidão, casou-se com um jovem e iletrado caçador de dotes. Esse passo imprudente (embora tivéssemos noção de que provavelmente nos deixaria privados do dote que Philippa sempre nos permitira esperar) não pôde, segundo nós mesmos admitimos, extrair de nossas mentes exaltadas um único suspiro; contudo, temerosa de que tal passo pudesse provar ser fonte de interminável infelicidade à noiva iludida, nossa trêmula sensibilidade viu-se em grande grau afetada quando recebemos a primeira informação do acontecimento. As súplicas afetuosas de Augustus e Sophia no sentido de que para sempre considerássemos sua casa como nosso lar nos persuadiram facilmente a determinar que nunca mais haveríamos de abandoná-los.

Na companhia de meu Edward e desse amável par, passei os mais felizes momentos de minha vida; nosso tempo era passado da mais deleitável maneira, em mútuos protestos de amizade e em votos de amor inalterável, dos quais éramos protegidos de qualquer interrupção por parte de intrometidos e desagradáveis visitantes, pois Sophia e Augustus haviam tomado, no instante inicial de seu ingresso na vizinhança, o devido cuidado de informar às famílias circundantes que, como sua felicidade centrava-se de todo em si mesmos, não desejavam outra companhia.

Porém, ai de mim!, minha querida Marianne, tamanha felicidade como então desfrutada por mim era perfeita demais para ser duradoura. Um golpe muitíssimo severo e inesperado destruiu de uma só vez todas as sensações de prazer. Por tudo que já lhe contei a respeito de Augustus e Sophia, convencida como você deve estar de que jamais houve casal mais feliz, imagino nem precisar lhe informar de que a união dos dois havia contrariado as inclinações de seus cruéis e mercenários pais, os quais haviam empenhado esforços, em vão, com obstinada perseverança, para forçá-los ao casamento com aqueles a quem tinham sempre abominado; porém, com fortitude heroica e digna de ser relatada e admirada, ambos haviam constantemente se recusado a ceder a tão despótico poder.

Depois de terem com muita nobreza se desembaraçado dos grilhões da autoridade parental por meio de um casamento clandestino, os dois determinaram-se a jamais abrir mão da boa opinião que assim agindo haviam conquistado no mundo aceitando quaisquer propostas de reconciliação que pudessem lhes ser oferecidas por seus pais – a essa provação adicional de sua nobre independência, entretanto, eles nunca se viram expostos.

Não estavam casados senão por poucos meses quando nossa visitação a eles começou, tempo esse durante o qual haviam sido amplamente sustentados por uma confortável soma de dinheiro, furtada graciosamente por Augustus da escrivaninha de seu indigno pai alguns dias antes de sua união com Sophia.

Com nossa chegada, suas despesas aumentaram em considerável medida, embora seus meios para supri-las estivessem então quase esgotados. Mas os dois, exaltadas criaturas!, desprezavam a hipótese de refletir sequer por um momento sobre suas aflições pecuniárias, e teriam corado perante a ideia de pagar suas dívidas. Ai deles!, qual foi a recompensa por tão desinteressado comportamento? O belo Augustus foi preso, e todos nós ficamos arruinados. Tal pérfida traição por parte dos impiedosos perpetradores do feito chocará sua meiga índole, queridíssima Marianne, tanto quanto afetou, na ocasião, as delicadas sensibilidades de Edward, de Sophia, de sua Laura e do próprio Augustus. Para completar tão incomparável barbaridade, fomos informados de que uma execução legal teria lugar dentro em breve. Ah! O que poderíamos fazer, afora o que fizemos? Suspiramos e desmaiamos no sofá.

Adieu,

Laura

Carta décima
Laura em continuação

Quando nos vimos em certa medida recuperados das efusões avassaladoras de nosso pesar, Edward desejou que considerássemos qual seria o passo mais prudente a tomar em nossa infeliz situação enquanto ele seguisse ao encontro de seu amigo aprisionado para prantear seus infortúnios. Prometemos que faríamos isso, e ele partiu em sua jornada rumo à cidade. Durante sua ausência, fielmente cumprimos seu desejo e, após a mais madura deliberação, por fim concordamos que a melhor coisa que poderíamos fazer seria sair da casa, da qual esperávamos que os oficiais de justiça tomassem posse a qualquer momento.

Aguardamos com a maior impaciência, portanto, pelo retorno de Edward de modo a lhe comunicar o resultado de nossas deliberações. Nenhum Edward apareceu, no entanto. Em vão contamos os tediosos momentos de sua ausência – em vão choramos – em vão suspiramos – Edward algum retornou. Era um golpe cruel demais, inesperado demais a nossa meiga sensibilidade – não nos era possível suportá-lo – só nos era possível desmaiar. Por fim, reunindo a máxima resolução de que eu era soberana, levantei-me e, após embalar algum vestuário necessário a Sophia e a mim, arrastei-a para uma carruagem solicitada por mim e no mesmo instante partimos para Londres. Como a habitação de Augustus se situava a doze milhas da cidade, não demorou muito para chegarmos lá, e, tão logo havíamos adentrado Holbourn, baixei um dos vidros frontais para perguntar a todas as pessoas de aparência decente pelas quais passávamos: "Por acaso viu meu Edward?".

Porém, como avançávamos depressa demais para lhes permitir que respondessem a minhas repetidas indagações, obtive pouca, ou, com efeito, nenhuma informação a respeito dele.

– Para onde devo seguir? – perguntou o postilhão.

– Para Newgate, gentil jovem – respondi –, para vermos Augustus.

– Ah!, não, não – exclamou Sophia –, não posso ir para Newgate; não serei capaz de suportar a visão de meu Augustus em tão cruel confinamento... meus sentimentos já foram suficientemente abalados pela *narração* de seus tormentos, e contemplá-los haverá de subjugar minha sensibilidade.

Uma vez que concordei perfeitamente com ela na justiça de tais sentimentos, o postilhão foi orientado de pronto a retornar para o campo.

Talvez você fique um tanto surpresa, minha queridíssima Marianne, na constatação de que durante a aflição enfrentada por mim, destituída de qualquer apoio e desprovida de qualquer habitação, eu não tenha me lembrado sequer uma vez de meu pai, minha mãe ou meu chalé paterno no Vale de Usk. Para explicar esse aparente esquecimento, devo informá-la de uma circunstância insignificante a respeito deles que ainda não mencionei. A morte de meus pais poucas semanas após minha partida é a circunstância à qual me refiro. Com seus falecimentos, tornei-me a herdeira legal de sua casa e fortuna. Porém, ai de mim!, a casa jamais havia sido deles, e a fortuna não passara de uma anuidade vitalícia. Tal é a depravação do mundo! Ao encontro de sua mãe eu teria retornado com prazer, a ela eu teria com satisfação apresentado a minha encantadora Sophia, e na estimada companhia delas eu teria com alegria passado a porção restante de minha vida no Vale de Usk, não fosse a intervenção de um obstáculo à execução de tão agradável plano: o casamento e afastamento de sua mãe para uma região distante da Irlanda.

    Adieu,

Laura

Carta décima primeira
Laura em continuação

– Tenho um parente na Escócia – disse Sophia para mim enquanto deixávamos Londres – que não hesitaria, tenho certeza, em me receber.

– Devo ordenar ao rapaz que nos conduza para lá? – perguntei eu.

Contudo, caindo em mim no mesmo instante, exclamei:

– Ai de nós, receio que a viagem seria longa demais para os cavalos.

Entretanto, relutando em agir baseada somente no meu inadequado conhecimento quanto à força e às habilidades dos cavalos, consultei o postilhão, que revelou compartilhar totalmente minha opinião no tocante ao caso. Assim sendo, tomamos a resolução de trocar os cavalos na cidade seguinte e viajar em posta pelo restante da jornada.

Quando chegamos à última estalagem na qual precisávamos parar, localizada a poucas milhas da casa do parente de Sophia, redigimos a ele, não querendo impor-lhe nossa companhia inesperada e sequer considerada, um bilhete muito elegante e bem escrito contendo um relato de nossa desamparada e melancólica situação e de nossa intenção de passar alguns meses com ele na Escócia. Tão logo havíamos despachado essa carta, de imediato nos preparamos para segui-la em pessoa, e já íamos entrando na carruagem com tal propósito quando nossas atenções foram atraídas pela entrada de um coche coroado de quatro cavalos no pátio da estalagem. Desceu dele um cavalheiro consideravelmente avançado em anos. Diante de sua primeira aparição, minha sensibilidade se viu prodigiosamente afetada e, mal eu pudera fitá-lo pela segunda vez, uma simpatia instintiva sussurrou ao meu coração que ele era meu avô.

Convencida de que eu não podia estar enganada em minha conjectura, naquele mesmo instante saltei da carruagem na qual acabara de entrar e, seguindo atrás do venerável estranho até o recinto ao qual ele havia sido conduzido, caí de joelhos perante o cavalheiro e lhe roguei que me reconhecesse como sua neta. Sobressaltado, e tendo examinado atentamente minhas feições, ele me levantou do chão e, lançando seus braços de avô em volta do meu pescoço, exclamou:

– Reconhecer-te! Sim, querida semelhança de minha Laurina e da filha de Laurina, doce imagem de minha Claudia e da mãe de minha Claudia, de fato te reconheço como a filha de uma e a neta da outra.

Enquanto com tamanha ternura ele me abraçava, Sophia, atônita com minha precipitada partida, entrou no recinto à minha procura. Mal foi vista pelo olho do venerável fidalgo, este exclamou com todos os indícios do assombro:

– Outra neta! Sim, sim, percebo que você é a filha da menina mais velha de minha Laurina; sua semelhança com a formosa Matilda o proclama em medida suficiente.

– Ah! – disse Sophia –, assim que contemplei o senhor, o instinto da natureza me sussurrou que éramos em algum grau aparentados... Só não tive a pretensão de determinar se o senhor seria meu avô ou minha avó.

Ele a cingiu contra si e, enquanto ficavam abraçados com tamanha ternura, a porta do aposento se abriu, e um jovem belíssimo apareceu. Notando sua presença, Lord St. Clair sobressaltou-se e, recuando alguns passos com mãos ao alto, disse:

– Outro neto! Que felicidade inesperada! Descobrir tantos de meus descendentes no espaço de três minutos! Esse, tenho certeza, é Philander, o filho da terceira menina de minha Laurina, a amável Bertha; falta somente, agora, a presença de Gustavus para completar a união dos netos de minha Laurina.

— E eis aqui ele – disse um jovem gracioso que naquele instante adentrou o recinto –, eis aqui o Gustavus que o senhor deseja ver. Sou o filho de Agatha, quarta e mais nova filha de sua Laurina.

— Vejo que você é, de fato – respondeu Lord St. Clair. – Mas, digam-me – continuou ele, olhando temerosamente na direção da porta –, digam-me, acaso tenho eu outro neto neste estabelecimento?

— Nenhum, meu senhor.

— Então lhes darei sustento a todos sem mais delongas. Eis aqui quatro cédulas de cinquenta libras cada uma. Peguem-nas e lembrem-se de que cumpri o dever de um avô.

Ele no mesmo instante saiu do recinto e, imediatamente depois, do estabelecimento.

Adieu,

Laura

Carta décima segunda
Laura em continuação

Você poderá imaginar a imensa surpresa da qual fomos tomadas com a súbita partida de Lord St. Clair.

— Ignóbil antepassado! – exclamou Sophia.

— Indigno avô! – disse eu.

E no mesmo instante desmaiamos nos braços uma da outra. Por quanto tempo permanecemos em tal situação, não sei; contudo, quando nos recuperamos, vimo-nos sozinhas, sem Gustavus nem Philander e tampouco as cédulas.

Enquanto deplorávamos nosso infeliz destino, a porta do aposento se abriu e "Macdonald" foi anunciado. Era o primo de Sophia. A presteza com que veio ao nosso socorro, tão pouco tempo depois de receber nosso bilhete, depunha tanto a seu favor que não hesitei em pronunciá-lo, à primeira vista, como terno e solidário amigo. Ai de nós!, ele pouco merecia tal denominação – pois, muito embora nos tenha dito que muito se preocupava com nossos infortúnios, mesmo assim, por seu próprio relato transpareceu que a leitura da revelação deles não lhe arrancara um único suspiro e menos ainda o induzira a rogar uma única praga contra nossas estrelas vingativas.

Disse a Sophia que sua filha contava com seu retorno a Macdonald Hall acompanhado dela, e que, na condição de amiga de sua prima, ele ficaria feliz em me ver lá também. Para Macdonald Hall nós seguimos, portanto, e fomos recebidas com grande gentileza por Janetta, filha de Macdonald e soberana da mansão. Janetta tinha, então, apenas quinze anos; com natural bom temperamento, dotada de um coração suscetível e uma disposição compassiva, ela poderia, tivessem tais amáveis qualidades sido apropriadamente incentivadas, ter equivalido a um ornamento à natureza humana; infelizmente, porém, seu pai não tinha uma alma exaltada o bastante para admirar tão promissora disposição e procurara, por todos os meios a seu alcance, impedir o aprimoramento desse dom enquanto a filha crescia. Na verdade, extinguira em imenso grau a natural e nobre sensibilidade de seu coração, a ponto de persuadi-la a aceitar a proposta de um jovem recomendado por ele. Os dois iriam se casar dali a poucos meses, e Graham encontrava-se na casa quando chegamos. *Nós* logo enxergamos a verdade oculta de seu caráter.

Era bem o típico homem que poderíamos esperar como sendo a escolha de Macdonald. Afirmaram a respeito dele ser sensato, bem informado e agradável; não tínhamos pretensão de julgar tais ninharias, mas, como estávamos convencidas de que o rapaz não tinha alma, de que ele nunca lera os *Sofrimentos de Werther* e de que seu cabelo não guardava sequer a menor semelhança com o ruivo, firmamos a certeza de que Janetta não podia sentir afeto algum por ele, ou, pelo menos, de que não deveria sentir nenhum. Além disso, a própria circunstância de o rapaz ser uma escolha do pai lhe era tão desfavorável que, fosse o rapaz merecedor dela em todos os outros aspectos, *essa* razão em si teria sido suficiente, aos olhos de Janetta, para rejeitá-lo.

Estávamos determinadas a lhe representar sob a luz adequada tais considerações, e não duvidávamos de que alcançaríamos o desejado sucesso perante uma índole tão boa e natural – perante alguém cujos erros no caso só haviam decorrido da falta de adequada confiança em sua própria opinião e do conveniente desprezo pela opinião do pai. Encontramos nela, de fato, tudo que nossos mais ardorosos desejos poderiam ter almejado; não tivemos a menor dificuldade para convencê-la de que lhe seria impossível amar Graham, ou de que era seu dever desobedecer ao pai; a única coisa diante da qual Janetta pareceu hesitar foi nossa asseveração de que ela precisava se unir a outra pessoa. Por algum tempo, perseverou na declaração de que não conhecia outro jovem por quem nutrisse o menor afeto; contudo, mediante a explicação da impossibilidade de tal coisa, afirmou crer que *de fato gostava* mais do capitão M'Kenrie do que de qualquer outro conhecido por ela. Essa confissão nos deixou satisfeitas e, depois de ter enumerado as boas qualidades de M'Kenrie e lhe assegurado de que ela estava violentamente apaixonada por ele, desejamos descobrir se o capitão, de alguma maneira, jamais declarara seu afeto por ela.

– Longe de jamais tê-lo declarado, não tenho razão para imaginar que ele jamais tenha sentido algum por mim – disse Janetta.

– De que ele certamente adora você – respondeu Sophia – não pode haver dúvida. O sentimento afetuoso só pode ser recíproco. Acaso ele nunca lhe demorou um olhar com admiração, com ternura apertou sua mão, deixou cair uma lágrima involuntária, e saiu do recinto de modo abrupto?

– Nunca – respondeu ela – que eu me lembre... Ele sempre deixava o recinto, de fato, quando sua visita terminava, mas jamais foi embora com particular brusquidão ou sem fazer uma mesura.

– Com efeito, meu amor – disse eu –, você decerto está enganada... pois é absolutamente impossível que ele jamais a tenha deixado senão com precipitação, confusão e desespero. Considere apenas por um momento, Janetta, e você por certo irá se convencer de quão absurdo é supor que ele jamais pudesse ser capaz de fazer uma mesura ou se comportar como qualquer outra pessoa.

Tendo resolvido esse ponto para nossa satisfação, o aspecto seguinte que levamos em consideração foi determinar de que maneira informaríamos M'Kenrie quanto à opinião favorável acalentada por Janetta em relação a ele. Por fim, concordamos em inteirá-lo por meio de uma carta anônima, que Sophia redigiu da seguinte maneira:

> *Ah!, feliz amante da linda Janetta, ah!, amável dono do coração dela, cuja mão destina-se a outro, por que o senhor assim retarda uma confissão de seu afeto pela amável receptora dele? Ah!, considere que poucas semanas poderão de uma só vez dar fim a todas as lisonjeiras esperanças que o senhor talvez acalente agora, unindo a desafortunada vítima de uma crueldade paterna ao execrável e detestado Graham. Ai de vocês!, por que com tamanha crueldade o senhor se mostra conivente com a projetada desgraça dela e com sua própria desgraça retardando a comunicação do plano que sem dúvida desde muito se apossa de sua imaginação? Uma união secreta vai assegurar de uma só vez a felicidade de ambos.*

O amável M'Kenrie, cuja modéstia, como depois nos assegurou o próprio, havia sido a única razão para ter escondido por tanto tempo a violência de seu afeto por Janetta, ao receber esse bilhete voou nas asas do amor até Macdonald Hall e tão poderosamente pleiteou seu afeto pela inspiradora de tal sentimento que, após mais algumas entrevistas privadas, Sophia e eu experimentamos a satisfação de vê-los partindo rumo a Gretna Green, local escolhido pelos dois para a celebração de suas núpcias em detrimento de qualquer outro, embora ficasse a uma considerável distância de Macdonald Hall.

Adieu,

Laura

Carta décima terceira
Laura em continuação

Os dois viajaram por quase duas horas antes que Macdonald ou Graham alimentassem qualquer suspeita sobre o caso. E estes poderiam nem sequer ter suspeitado dele não fosse o seguinte pequeno acidente. Sophia, calhando um dia de abrir uma gaveta particular na biblioteca de Macdonald com uma de suas próprias chaves, descobriu ser aquele o lugar onde ele guardava seus documentos importantes e, em meio a estes, algumas cédulas de considerável valor. Essa descoberta ela transmitiu a mim; tendo concordado juntas que o apropriado tratamento para um canalha tão abjeto como Macdonald seria privá-lo de dinheiro – talvez obtido por meios desonestos –, ficou determinado que, na próxima vez em que uma de nós calhasse de passar por ali, tiraríamos uma ou mais das cédulas daquela gaveta.

Já tínhamos colocado em funcionamento, com frequente êxito, esse plano bem-intencionado; porém, ai de nós!, no exato dia da fuga de Janetta, Sophia, no ato de remover majestosamente a quinta cédula da gaveta para sua própria bolsa, foi de súbito interrompida em sua ocupação pela entrada muitíssimo impertinente de Macdonald em pessoa, do modo mais abrupto e precipitado. Sophia (capaz de invocar, apesar de sua doçura naturalmente irresistível, a dignidade de seu gênero quando a ocasião exigia) no mesmo instante assumiu uma expressão das mais agressivas e, lançando ao impávido culpado uma carranca irritada, exigiu saber, em altivo tom de voz, por que motivo sua intimidade havia sido invadida com tamanha insolência.

O desavergonhado Macdonald, sem sequer fazer esforço para se desculpar pelo crime do qual estava sendo acusado, maldosamente procurou censurar Sophia pela ignóbil defraudação de seu dinheiro. A dignidade de Sophia se feriu.

– Canalha! – exclamou ela, recolocando às pressas a cédula na gaveta. – Como ousas tu me acusar de um ato cuja mera ideia me faz enrubescer?

O vil canalha insistia em não se deixar convencer, e continuou admoestando a justamente ofendida Sophia em tão ignominiosa linguagem que, por fim, acabou espicaçando a branda doçura de sua índole com intensidade desmedida, a ponto de induzir na moça o ato vingativo de informá-lo quanto à fuga romântica de Janetta e à parte ativa que nós ambas havíamos tomado no caso. Nessa altura da contenda, eu entrei na biblioteca e, como você pode imaginar, fiquei tão ofendida quanto Sophia diante das infundadas acusações do malévolo e desprezível Macdonald.

– Celerado infame! – exclamei. – Como podes tu ousar assim, com tamanha impavidez, conspurcar a reputação imaculada de tão fulgurosa excelência? Porque não suspeitas da *minha* inocência com a mesma prontidão?

– Fique tranquila, minha senhora – retrucou ele –, eu *de fato* suspeito dela e, portanto, só me resta desejar que ambas deixem esta casa em menos de meia hora.

– Sairemos de bom grado – respondeu Sophia. – Nossos corações há muito te devotam ódio, e nada senão nossa amizade por tua filha poderia ter induzido nossa permanência por tanto tempo sob teu teto.

– Sua amizade por minha filha, com efeito, foi exercida do mais poderoso modo jogando-a nos braços de um imoral caçador de dotes – retrucou ele.

– Sim – exclamei eu –, em meio a todos os infortúnios, irá nos proporcionar certa dose de consolação refletir que, com esse único ato de amizade por Janetta, amplamente nos desoneramos de qualquer obrigação que nos tenha sido infligida por seu pai.

– Essa deve ser, sem dúvida, uma reflexão muitíssimo gratificante para suas mentes exaltadas – disse ele.

Tão logo havíamos empacotado nossas roupas e pertences, deixamos Macdonald Hall; tendo caminhado cerca de uma milha e meia, sentamo-nos à margem de um claro e límpido córrego para refrescar nossos exaustos membros. O lugar era propício à meditação.

Um bosque de olmos plenamente desenvolvidos nos abrigava pelo leste – e um leito de urtigas plenamente desenvolvidas, pelo oeste. Diante de nós corria o riacho murmurante, e atrás de nós corria a estrada de pedágio. Nosso ânimo era contemplativo, e nossa disposição era de apreciar tão belo local. O silêncio mútuo que por certo tempo reinara entre nós foi afinal rompido por minha exclamação:

– Que cenário adorável! Ai de nós, por que Edward e Augustus não estão aqui para desfrutar de suas belezas conosco?

– Ah, minha amada Laura! – exclamou Sophia. – Abstenha-se, por piedade, de trazer à minha recordação a triste situação de meu marido aprisionado. Ai de mim, o que eu não daria para conhecer o destino de meu Augustus! Para saber se ele ainda está em Newgate ou já foi enforcado... Mas nunca serei capaz de sobrepujar minha terna sensibilidade a ponto de perguntar por ele. Ah!, nunca mais, eu lhe rogo, permita-me ouvi-la repetir outra vez seu amado nome... Isso me afeta num grau profundo demais... Qualquer menção a respeito dele é insuportável para mim, fere meus sentimentos.

– Perdoe-me, Sophia, por tê-la ofendido assim, sem querer... – respondi.

E então, mudando de assunto, procurei fazer com que minha amiga admirasse a nobre grandiosidade dos olmos que nos abrigavam do zéfiro oriental.

– Ai de mim!, minha Laura – devolveu ela –, evite tão melancólico tema, eu lhe imploro. Não queira outra vez ferir minha sensibilidade com observações acerca desses olmos. Eles me fazem recordar Augustus. Ele era como eles, alto, majestoso... dotado da nobre grandiosidade que você admira neles.

Mantive-me calada, temerosa de que pudesse, de modo ainda mais involuntário, perturbá-la escolhendo qualquer outro tópico de conversação passível de fazê-la recordar Augustus outra vez.

– Por que não fala, minha Laura? – perguntou ela depois de uma breve pausa. – Não estou suportando esse silêncio... Você não deve me deixar à mercê de minhas próprias recordações; elas recaem em Augustus o tempo todo.

– Que lindo céu! – disse eu. – Como seu anil é encantadoramente variegado por essas delicadas listras de branco!

– Ah!, minha Laura – disse ela, às pressas retirando seu olhar de uma observação momentânea do céu –, não me aflija dessa forma, chamando minha atenção para um objeto que tão cruelmente me faz recordar o colete de cetim azul listrado de branco do meu Augustus! Tenha piedade de sua infeliz amiga, evite tão aflitivo assunto.

O que mais eu poderia fazer? Os sentimentos de Sophia se mostravam naquele momento tão intensos, e a ternura que sentia por Augustus, tão pungente, que não tive forças para enveredar por qualquer outro tópico, temendo com razão que isso pudesse, de alguma maneira imprevista, mais uma vez despertar por inteiro sua sensibilidade direcionando seus pensamentos ao marido. Contudo, manter o silêncio seria cruel; ela me rogara que falasse.

Desse dilema eu me vi libertada, para minha grande bem-aventurança, por um acidente verdadeiramente oportuno: o afortunado tombamento do faeton de um cavalheiro na estrada que corria, murmurante, atrás de nós. Tratou-se de um acidente muitíssimo venturoso pela circunstância de desviar a atenção de Sophia das melancólicas reflexões às quais estivera se entregando antes. De modo instantâneo abandonamos nossos assentos e corremos ao socorro daqueles que, bem poucos momentos antes, haviam estado na elevadíssima situação de trafegar num faeton requintadamente alto, mas agora jaziam caídos e estatelados no chão poeirento.

– Que amplo tema para reflexão sobre os incertos prazeres deste mundo não proporcionariam, para uma mente pensante, aquele faeton e a vida do Cardeal Wolsey! – falei eu para Sophia enquanto corríamos rumo ao campo de ação.

Ela não teve tempo de me responder, pois todos os pensamentos estavam agora engajados no horrendo espetáculo diante de nós. Dois cavalheiros trajados na máxima elegância, mas ensopados em seu sangue, foi o que primeiro atingiu nossos olhos – então nos aproximamos – eram Edward e Augustus. Sim, queridíssima Marianne, eram os nossos maridos. Sophia berrou e desmaiou no chão – eu gritei e no mesmo instante enlouqueci. Permanecemos assim por alguns minutos, mutuamente privadas de nossos sentidos, e, recuperando-os, fomos privadas deles outra vez.

Continuamos nessa desafortunada situação por uma hora e quinze minutos – Sophia desmaiando a todo momento, e eu enlouquecendo com a mesma frequência. Por fim, um gemido do desventurado Edward (o único que havia conservado alguma porção de vida) nos devolveu a consciência. Tivéssemos antes imaginado que um dos dois estava vivo, de fato teríamos sido mais parcimoniosas em nosso pesar – todavia, como havíamos deduzido à primeira vista que eles não mais existiam, soubemos que nenhuma outra reação seria possível senão aquela que estávamos tendo.

Por conseguinte, tão logo escutamos o gemido de meu Edward avançamos às pressas até o querido jovem, adiando por ora nossas lamentações, e imploramos a ele, ajoelhadas uma de cada lado, que não morresse.

– Laura – disse ele, fixando em mim seus lânguidos olhos –, receio que tenhamos tombado.

Fiquei enlevada por vê-lo ainda na posse de seus sentidos.

– Ah!, conte-me, Edward – pedi eu –, conte-me antes de morrer, eu lhe rogo, tudo que lhe sucedeu desde aquele dia infeliz no qual Augustus foi preso e nós fomos separados...

– Contarei – disse ele.

E no mesmo instante, soltando um profundo suspiro, expirou. Sophia de pronto afundou em novo desfalecimento – o *meu* pesar foi mais audível. Minha voz fraquejou, meus olhos assumiram uma expressão vazia, meu rosto ficou pálido como a morte e meus sentidos restaram consideravelmente comprometidos.

– Não me fale de faetons... – eu disse, delirando de maneira frenética e incoerente. – Dê-me um violino... Vou tocar para ele, acalmá-lo em suas horas melancólicas... Cuidado, ó delicadas ninfas, com os raios de Cupido, fujam das penetrantes setas de Júpiter... Vejam aquele bosque de abetos... Estou vendo um pernil de carneiro... Disseram-me que Edward não estava morto; mas fui enganada... confundiram-no com um pepino...

Assim continuei, clamando desvairadamente perante a morte de meu Edward. Por duas horas delirei com tal loucura, e não teria então parado, pois não me sentia nem um pouco cansada, se Sophia, recém-recuperada de seu desfalecimento, não tivesse me instado a considerar que a noite estava agora se aproximando, e que as umidades começavam a cair.

– E aonde iremos nós – perguntei eu – para encontrar abrigo?

– Para aquele chalé branco – respondeu ela, apontando para uma construção esmerada que assomava em meio ao bosque de olmos e que eu não havia observado até então.

Concordei, e no mesmo instante caminhamos até o chalé – batemos à porta – esta foi aberta por uma mulher idosa; perante a solicitação de que nos proporcionasse alojamento noturno, a velha nos informou que sua casa era pequenina, que só tinha dois quartos de dormir, mas que, todavia, podíamos usar à vontade um deles. Ficamos contentes e seguimos a boa mulher para dentro da casa, onde a visão de um confortável fogo nos alegrou sobremaneira. Ela era viúva e tinha somente uma filha, que somava meros dezessete anos de idade – uma das melhores entre todas as idades, mas, ai dela!, a garota era muito sem graça, e seu nome era Bridget... Nada, portanto, poderia ser esperado dela, entre cujos atributos não eram imagináveis ideias exaltadas, sentimentos delicados ou sensibilidades refinadas. Ela nada mais era do que uma mera jovem dama bem-humorada, cortês e prestativa; como tal, dificilmente poderíamos desgostar da moça – ela era somente um objeto de desprezo.

Adieu,

Laura

Carta décima quarta
Laura em continuação

Arme-se, minha amável e jovem amiga, com toda a filosofia de que é soberana; reúna toda a fortitude de que goza, pois, na leitura das páginas seguintes, a sua sensibilidade, ai dela!, será colocada à prova do mais severo modo. Ah!, o que eram os infortúnios vividos antes por mim e já relatados a você perto daquele do qual vou agora inteirá-la? As mortes de meu pai e minha mãe e meu marido, embora quase ultrapassassem o que minha branda índole conseguia suportar, eram ninharias em comparação com o infortúnio que passarei a relatar agora.

Na manhã seguinte à nossa chegada ao chalé, Sophia reclamou de uma violenta dor em seus delicados membros, acompanhada de uma dor de cabeça desagradável atribuída por ela a um resfriado apanhado durante seus contínuos desmaios ao ar livre enquanto caía o orvalho na noite anterior. Essa, temi eu, era muito provavelmente a causa; pois como poderia ser de outra forma explicado que eu tivesse escapado da mesma indisposição senão supondo-se que os esforços corporais infligidos a mim em meus repetidos acessos de frenesi haviam com tremenda eficácia circulado e aquecido meu corpo, a ponto de me tornar imune às enregelantes umidades da noite ao passo que Sophia, jazendo totalmente inativa no chão, devia ter sido exposta à máxima severidade delas? Fiquei alarmada no mais alto grau com sua moléstia, a qual, por mais insignificante que possa parecer a você, seria no fim, segundo me sussurrou certa sensibilidade instintiva, fatal para ela.

Ai de mim!, meus temores se mostraram plenamente justificados; Sophia sofreu piora gradual – e diariamente eu me via mais alarmada por ela. Afinal, minha amiga foi obrigada a se confinar apenas à cama que nossa digna senhoria nos concedera.

Seu transtorno virou galopante consunção e, dentro de poucos dias, levou-a embora. Em meio a todas as minhas lamentações por ela (violentas como você pode supor), ainda recebi algum consolo na reflexão de ter lhe prestado todas as atenções passíveis de ser oferecidas em sua enfermidade. Eu chorara por causa dela todos os dias – banhara seu doce rosto com minhas lágrimas e apertara suas formosas mãos continuamente nas minhas.

– Minha amada Laura – disse ela para mim poucas horas antes de morrer –, tome tenência com meu infeliz fim e evite a imprudente conduta que o ocasionou... Cuidado com os desmaios...

Embora de momento possam ser refrescantes e agradáveis, no final provarão ser, creia em mim, se repetidos demais e em estações impróprias, destrutivos para sua constituição... Meu destino lhe dará essa lição... Morro como mártir de meu pesar pela perda de Augustus... Um desfalecimento fatal me custou a vida... Cuidado com os desmaios, querida Laura... Um acesso de frenesi não tem sequer um quarto de sua perniciosidade; é um exercício para o corpo e, quando não violento demais, conduz em suas consequências, ouso dizer, à saúde... Enlouqueça com a frequência que quiser; mas não desmaie.

Essas foram as últimas palavras jamais dirigidas a mim por ela. Foi o conselho agonizante para sua aflita Laura, que aderiu a ele para sempre, com a máxima fidelidade.

Tendo acompanhado minha pranteada amiga até sua precoce sepultura, de imediato (embora tarde da noite) deixei o detestado vilarejo no qual ela morreu e perto do qual haviam expirado meu marido e Augustus. Mal caminhara poucas jardas quando fui alcançada por uma diligência, na qual de pronto tomei um lugar, determinada a seguir nela rumo a Edimburgo, onde esperava encontrar alguma espécie de amiga compassiva que me recebesse e confortasse em minhas aflições.

Estava tão escuro quando entrei na diligência que não consegui distinguir o número de meus companheiros de viagem; só pude perceber que eram muitos. Sem levar em conta, porém, qualquer coisa lhes dizendo respeito, entreguei-me a minhas próprias reflexões tristes. Predominava um silêncio geral – um silêncio por nada interrompido senão pelos altos e repetidos roncos de um dos integrantes do grupo.

"Que vilão iletrado deve ser esse homem!", pensei comigo mesma. "Que total falta de delicado refinamento deve ter ele, que pode assim chocar nossos sentidos com tão brutal barulho! Deve ser capaz, tenho certeza, de toda e qualquer ação ruim! Não há crime negro demais para tal personagem!" Assim eu raciocinava em meu íntimo, e, sem dúvida, tais eram as reflexões de meus companheiros de viagem.

Por fim, o retorno do dia me permitiu contemplar o canalha sem escrúpulos que tão violentamente perturbara meus sentimentos. Era Sir Edward, o pai de meu falecido marido. A seu lado sentava-se Augusta e, no mesmo assento comigo, encontravam-se sua mãe e Lady Dorothea. Imagine minha surpresa quando me vi assim sentada entre meus velhos conhecidos. Por maior que tivesse sido meu assombro, este foi aumentado ainda mais quando, olhando pela janela, contemplei o marido de Philippa, com Philippa a seu lado, nos assentos externos da diligência, e quando, olhando para trás, contemplei Philander e Gustavus no cesto.

– Ah! Céus – exclamei –, será possível que eu esteja tão inesperadamente cercada por meus parentes e conhecidos mais próximos?

Essas palavras despertaram o resto do grupo, e todos os olhares foram direcionados para o canto em que eu estava sentada.

– Ah!, minha Isabel – continuei, jogando-me, por cima de Lady Dorothea, em seus braços –, receba mais uma vez em seu colo a desafortunada Laura. Ai de mim! Em nossa última separação, no Vale de Usk, eu me rejubilava em estar unida ao melhor dos Edwards; eu tinha então um pai e uma mãe, e jamais conhecera infortúnios. Mas agora estou privada de qualquer pessoa amiga exceto você...

– O quê!? – interrompeu Augusta. – Meu irmão está morto, então? Conte-nos, eu lhe rogo, que fim o levou?

– Sim, fria e insensível ninfa – respondi –, seu irmão, aquele jovem camponês desventurado, não mais existe, e você pode agora vangloriar-se por ser a herdeira da fortuna de Sir Edward.

Embora eu sempre a tivesse desprezado desde o dia em que escutara por acaso sua conversa com meu Edward, cedi com polidez aos rogos dela e de Sir Edward para que os informasse sobre todo aquele melancólico caso. Os dois ficaram chocados no mais alto grau – até o coração empedernido de Sir Edward e o insensível de Augusta ficaram tocados de tristeza com a desditosa história. A pedido de sua mãe, relatei-lhes todos os outros infortúnios que haviam me sucedido desde nossa separação. Falei sobre o aprisionamento de Augustus e a ausência de Edward – sobre nossa chegada à Escócia – sobre o inesperado encontro com nosso avô e nossos primos – sobre nossa visita a Macdonald Hall – sobre o singular serviço que lá prestamos em benefício de Janetta – sobre a ingratidão de seu pai diante desse serviço... sobre o desumano comportamento dele, suas inexplicáveis suspeitas e o bárbaro tratamento dirigido a nós quando nos obrigou a deixar a casa... sobre nossas lamentações pelas perdas de Edward e Augustus, e, afinal, sobre a melancólica morte de minha amada companheira.

A compaixão e a surpresa se estamparam com força no semblante da sua mãe durante a totalidade da minha narrativa, mas lamento dizer que, para o eterno opróbrio de sua sensibilidade, a segunda reação predominou infinitamente. Ou melhor: ainda que minha conduta por certo tivesse sido irrepreensível durante o decorrer todo de meus recentes infortúnios e aventuras, ela teve a pretensão de censurar meu comportamento em várias das situações na quais eu havia sido colocada. Uma vez que, de minha parte, eu sempre tivera plena noção de ter sempre me comportado de uma maneira que lançava honra sobre meus sentimentos e refinamento, mal dei atenção às coisas ditas por ela e solicitei-lhe que satisfizesse minha curiosidade informando-me sobre como havia chegado ali em vez de ferir minha ilibada reputação com injustificáveis repreensões. Tão logo ela atendera meu desejo nesse ponto específico e me fizera um minucioso detalhamento de tudo que lhe sucedera desde nossa separação (cujos pormenores, se você ainda não os conhece, sua mãe poderá lhe transmitir), requeri de Augusta a mesma informação a respeito dela, de Sir Edward e Lady Dorothea.

Augusta me contou que, tendo um gosto considerável pelas belezas da natureza, sua curiosidade por contemplar os deleitáveis cenários em exibição nessa parte do mundo havia sido tão estimulada por *Excursão às Terras Altas*, de Gilpin, que ela convencera seu pai a empreender uma excursão à Escócia e persuadira Lady Dorothea a acompanhá--los. Contou que haviam chegado a Edimburgo poucos dias antes e de lá tinham feito excursões diárias ao campo circundante na diligência em que então se encontravam, e de uma de tais excursões estavam naquele momento retornando.

Minhas perguntas seguintes foram relacionadas a Philippa e seu marido, sendo que este último, tendo dissipado totalmente o dote dele, como eu soube, recorreu como meio de subsistência ao talento no qual sempre se sobressaíra, a saber, a condução de veículos, e, tendo vendido tudo que lhes pertencia com exceção da carruagem, convertera esta numa diligência e, de modo a sumir da vista de qualquer um de seus antigos conhecidos, partira nela para Edimburgo, de onde ia para Stirling dia sim, dia não. Contou que Philippa, retendo seu afeto pelo ingrato marido, seguira este à Escócia e, de costume, acompanhava-o em suas pequenas excursões para Stirling.

– Foi apenas para jogar um pouquinho de dinheiro nos bolsos – continuou Augusta – que meu pai sempre viajou em sua diligência para ver as belezas do campo desde a nossa chegada à Escócia... pois certamente teria sido bem mais agradável, para nós, visitar as Terras Altas numa carruagem de posta em vez de meramente viajar de Edimburgo a Stirling e de Stirling a Edimburgo dia sim, dia não em um veículo lotado e desconfortável.

Concordei de todo com ela quanto a seus sentimentos sobre o caso, e, no íntimo, culpei Sir Edward por assim sacrificar o prazer de sua filha em benefício de uma velha ridícula cujo desatino de se casar com tão jovem homem deveria ser punido. O comportamento dele, no entanto, revelava plena correspondência com seu caráter em geral; pois o que poderia ser esperado de um homem desprovido do mais ínfimo átomo de sensibilidade, que mal sabia o significado da comiseração e que efetivamente roncava?

Adieu,

Laura

Carta décima quinta
Laura em continuação

Quando chegamos à cidade onde tomaríamos o desjejum, eu estava determinada a conversar com Philander e Gustavus e, com esse propósito, tão logo saí da carruagem, fui até o cesto e carinhosamente perguntei pela saúde deles, expressando meus receios quanto ao desconforto de sua situação. A princípio, pareceram ficar um tanto confusos com minha aparição, temerosos, sem dúvida, de que eu poderia lhes demandar explicações pelo dinheiro deixado a mim por nosso avô e do qual haviam me despojado com tamanha injustiça, mas, constatando que eu nada mencionava sobre o assunto, convidaram-me a subir no cesto para que pudéssemos conversar ali com maior facilidade. Consequentemente entrei, e, enquanto o resto do grupo devorava chá verde e torradas com manteiga, banqueteamo-nos de maneira mais sentimental e refinada por meio de uma conversação confidencial. Informei-lhes de tudo o que me sucedera durante o transcorrer de minha vida, e, a meu pedido, os dois me relataram todos os incidentes de suas próprias vidas.

– Somos filhos, como você já sabe, das duas filhas mais novas que Lord St. Clair teve com Laurina, uma italiana cantora de ópera. Nenhuma de nossas mães soube identificar ao certo quem eram os nossos pais, muito embora em geral se creia que Philander seja filho de certo Philip Jones, um pedreiro, e que meu pai fosse certo Gregory Staves, um fabricante de espartilhos de Edimburgo. Entretanto, isso tem pouca importância, pois, como nossas mães sem dúvida nunca se casaram com nem um nem outro, desonra alguma recai sobre nosso sangue, que é de uma espécie muitíssimo ancestral e impoluta. Bertha (a mãe de Philander) e Agatha (minha mãe) sempre viveram juntas. Nenhuma das duas era muito rica; seus dotes unidos totalizavam originalmente nove mil libras, mas, como elas sempre viveram principalmente dele, a soma diminuiu para novecentas quando tínhamos quinze anos. Essas novecentas elas sempre guardavam em uma das gavetas disponíveis em nossa sala de estar de uso comum, pela conveniência de tê-las sempre à mão. Se foi por causa dessa circunstância, de o dinheiro poder ser tirado dali com facilidade, ou por um desejo de ficarmos independentes, ou por um excesso de sensibilidade (pelo qual sempre nos notabilizamos), não sei agora determinar, mas certo é que, quando havíamos alcançado nosso décimo quinto ano, pegamos as novecentas libras e fugimos. Tendo conquistado esse prêmio, tomamos a resolução de administrá-lo com economia e de não o gastar nem com desatino nem extravagância. Com esse propósito, portanto, dividimos o dinheiro em nove parcelas, uma das quais devotamos aos mantimentos, a segunda às bebidas, a terceira à manutenção doméstica, a quarta às carruagens, a quinta aos cavalos, a sexta aos criados, a sétima aos divertimentos, a oitava às roupas e a nona a fivelas de prata. Tendo assim organizado nossas despesas por dois meses (pois esperávamos fazer com que as novecentas libras durassem todo esse tempo), fomos às pressas para Londres e tivemos a sorte de gastar tudo em sete semanas e um dia, ou seja, seis dias antes do planejado. Tão logo havíamos com tal felicidade nos desembaraçado do peso de tanto dinheiro, começamos a pensar em voltar ao encontro de nossas mães, mas, tomando acidental conhecimento de que ambas haviam morrido de fome, desistimos do plano e decidimos nos engajar em alguma trupe ambulante de atores, pois sempre tivéramos uma queda para o palco. Consequentemente, oferecemos nossos serviços a uma e fomos aceitos; nossa trupe era um tanto pequena, de fato, pois consistia somente do diretor, sua esposa e nós, mas havia menos gente para pagar, e a única inconveniência decorrente era a escassez de peças que, por falta de pessoal para desempenhar os personagens, podíamos representar. Não nos importávamos com ninharias, entretanto... Uma de nossas mais admiradas performances foi *Macbeth*, na qual fomos verdadeiramente fantásticos. O diretor sempre interpretava Banquo, e sua esposa, minha Lady Macbeth. Eu fazia as Três Bruxas, e Philander desempenhava todos os demais. Para falar a verdade, essa tragédia foi não apenas a melhor, mas a única peça que jamais representamos; tendo apresentado nossa montagem por todos os cantos da Inglaterra e de Gales, viemos à Escócia para exibi-la pela parte restante da Grã-Bretanha. Aconteceu de estarmos aquartelados na mesmíssima cidade à qual você chegou e onde conheceu nosso avô. Estávamos no pátio da estalagem quando a carruagem dele entrou, e, percebendo pelos brasões a quem o carro pertencia, e sabendo que Lord St. Clair era nosso avô, concordamos em tentar extrair algo dele revelando a relação. Você sabe como nos saímos bem. Tendo obtido as duzentas libras, de pronto saímos da cidade, deixando que nosso diretor e sua esposa representassem *Macbeth* por conta própria, e pegamos a estrada para Stirling, onde gastamos nossa pequena fortuna com grande resplendor. Estamos retornando agora para Edimburgo a fim de obter alguma posição destacada no ramo da atuação; e essa, minha querida prima, é a nossa história.

Agradeci ao amável jovem por sua absorvente narrativa, e, após expressar meus votos pelo bem-estar e saúde dos dois, deixei-os em sua pequena habitação e retornei para meus outros amigos, que me aguardavam com impaciência.

Minhas aventuras estão agora se aproximando do fim, minha queridíssima Marianne; ao menos por enquanto.

Quando chegamos a Edimburgo, Sir Edward me comunicou seu desejo de que eu, na condição de viúva de seu filho, aceitasse de suas mãos quatrocentas libras por ano. Cortesmente lhe prometi que aceitaria, mas não pude deixar de observar que o desapiedado baronete fazia essa oferta mais por eu ser a viúva de Edward do que por ser a refinada e amável Laura.

Fixei residência em um romântico vilarejo nas Terras Altas da Escócia, onde permaneci desde então e onde posso, sem ser interrompida por visitas despropositadas, em melancólica solidão me entregar a minhas incessantes lamentações pela morte de meu pai, minha mãe, meu marido e minha amiga.

Augusta já está unida por diversos anos a Graham, o homem mais adequado a ela entre todos os outros; ela o conheceu durante sua estadia na Escócia.

Sir Edward, na esperança de ganhar um herdeiro para seu título e seu patrimônio, na mesma época se casou com Lady Dorothea. Seus desejos foram atendidos.

Philander e Gustavus, tendo elevado suas reputações com performances no mundo teatral de Edimburgo, transferiram-se para Covent Garden, onde ainda se apresentam sob os nomes fictícios de Lewis e Quick.

Philippa partiu desta para uma melhor há muito tempo; seu marido, todavia, continua conduzindo a diligência de Edimburgo para Stirling.

Adieu, minha queridíssima Marianne.

Laura

As três irmãs

Ao Ilmo. Edward Austen
o seguinte romance inacabado é respeitosamente dedicado por
sua obediente e humilde serva,
a autora

Srta. Stanhope para a sra. **

Minha querida Fanny,
Sou a criatura mais feliz do mundo, pois recebi uma proposta de casamento do sr. Watts. É a primeira que jamais me fizeram, e mal sei como valorizá-la o suficiente. Como vou triunfar sobre as Dutton! Não pretendo aceitar o pedido, pelo menos acredito que não, mas, como não tenho plena certeza, dei a ele uma resposta equívoca e me despedi. E agora, minha querida Fanny, quero seu conselho para saber se devo aceitar sua proposta ou não; porém, para que você tenha condições de julgar seus méritos e a situação do caso, vou lhe fazer um relato a respeito.

O sr. Watts é um homem bastante velho, com cerca de 32 anos, muito feio, tão feio que não suporto sequer olhar para ele. Ele é desagradável ao extremo, e o detesto mais do que qualquer outra pessoa no mundo. É dono de vasta fortuna, e me promete vantajosos acordos financeiros; por outro lado, é muito saudável. Para resumir, não sei o que fazer. Se eu rejeitá-lo, ele me deu a entender que iria se oferecer para Sophy e, se ela o recusasse, para Georgiana, e eu não suportaria que qualquer uma das duas se casasse antes de mim. Se eu aceitá-lo, sei que serei infeliz por todo o resto de minha vida, pois ele é muito mal--humorado e rabugento, ciumento ao extremo e tão pão-duro que é impossível viver na mesma casa com ele. Contou-me que mencionaria o caso para mamãe, mas insisti que não o fizesse, pois muito provavelmente ela forçaria esse casamento sem levar em conta minha vontade; entretanto, é bem possível que *já* o tenha feito a esta altura, pois ele nunca faz nada que lhe pedem. Acredito que vou aceitá-lo. Será um triunfo tão grande eu me casar antes de Sophy, Georgiana e as Sutton; e ele prometeu adquirir uma carruagem nova para a ocasião, mas nós quase brigamos quanto à cor, pois insisti que fosse azul pontilhado de prata, e ele declarou que haveria de ser um ordinário chocolate; para me provocar ainda mais, disse que ela seria tão baixa quanto sua carruagem velha. Não vou aceitá-lo, garanto. Ele disse que voltaria amanhã para ouvir minha resposta final, então acredito que preciso agarrá-lo enquanto posso. Sei que as Dutton terão inveja de mim, e serei capaz de acompanhar Sophy e Georgiana a todos os bailes de inverno. Por outro lado, qual será o proveito disso com a grande probabilidade de o sr. Watts não me deixar ir? Pois sei que ele odeia dançar, e tudo que ele odeia lhe parece incabível no gosto de qualquer outra pessoa. Além disso, o sr. Watts adora falar que lugar de mulher é em casa e esse tipo de coisa. Acredito que não vou aceitá-lo; eu o rejeitaria de imediato se tivesse certeza de que nenhuma de minhas irmãs o aceitaria e de que, com a rejeição das duas, ele não iria propor casamento às Dutton. Não posso correr tamanho risco; portanto, se ele me fizer a promessa de encomendar a carruagem do jeito que eu pedi, vou aceitá-lo; se não, por mim, ele que ande nela sozinho. Espero que você goste da minha determinação; não consigo pensar em nada melhor; e serei sempre sua afetuosa

Mary Stanhope

Da mesma para a mesma

Querida Fanny,
Eu mal selara minha última carta para você quando minha mãe veio me dizer que queria falar comigo sobre um assunto muito particular.

— Ah! Sei o que é — disse eu. — Aquele velho tolo do sr. Watts lhe contou tudo, embora eu tivesse pedido que não o fizesse. Entretanto, a senhora não será capaz de me forçar a aceitá-lo se não for do meu agrado.

— Não vou forçá-la, minha criança, mas quero apenas saber qual é a sua resolução no tocante às propostas dele, e insistir para que você se decida por uma coisa ou outra, de modo que, se você não aceitá-lo, Sophy possa fazê-lo.

— Sem dúvida — respondi eu às pressas —, Sophy não precisa se preocupar, pois eu mesma certamente me casarei com ele.

— Se essa é a sua resolução — disse minha mãe —, qual o motivo para temer que eu force suas inclinações?

— Ora, porque ainda não sei direito se devo ficar com ele ou não.

— Você é a garota mais estranha do mundo, Mary. O que diz num momento, desdiz no momento seguinte. Responda de uma vez por todas: pretende se casar com o sr. Watts ou não?

— Puxa, mamãe, como posso lhe responder algo que eu não sei?

— Então lhe peço que trate de saber, e depressa, pois o sr. Watts afirma que não admite ser mantido em suspense.

— Isso depende de mim.

— Não, não depende, pois, se não lhe der sua resposta final amanhã, quando ele tomar chá conosco, a intenção dele é devotar suas atenções a Sophy.

— Nesse caso, contarei ao mundo todo que ele se comportou muito mal comigo.

— Qual será o benefício disso? O sr. Watts vem sendo injuriado pelo mundo todo há tanto tempo que não iria se importar agora.

— Bem que eu gostaria de ter um pai ou um irmão, porque eles lutariam com o sr. Watts.

– E seriam astuciosos se o fizessem, pois o sr. Watts fugiria correndo primeiro; portanto, você precisa e há de se decidir entre aceitá-lo ou rejeitá-lo até amanhã à noite.

– Mas por que razão, se eu não ficar com ele, ele precisa propor casamento às minhas irmãs?

– Por quê!? Porque ele deseja se unir à família, e porque elas são tão bonitas quanto você.

– Mas será que Sophy vai se casar com o sr. Watts, mamãe, se ele lhe fizer a proposta?

– É bastante provável. Por que não se casaria? Se, contudo, ela optar por não fazê-lo, então Georgiana haverá de fazê-lo, pois estou determinada a não deixar escapar tamanha oportunidade de encaminhar uma das minhas filhas de maneira tão vantajosa. Portanto, aproveite ao máximo seu tempo, vou deixá-la resolver consigo a questão.

E então ela se afastou.

A única coisa na qual consigo pensar, minha querida Fanny, é perguntar a Sophy e Georgiana se elas o aceitariam caso recebessem propostas dele, e, se responderem que não, tenho a firme resolução de rejeitá-lo também, pois o detesto mais do que você pode imaginar. Quanto às Dutton, se o sr. Watts se casar com uma delas, terei ainda o triunfo de tê-lo rejeitado primeiro.

Assim, adieu minha querida amiga –
Sempre sua,

M.S.

Srta. Georgiana Stanhope para a srta. **

Quarta-feira

Minha querida Anne,
Sophy e eu acabamos de aplicar, em nossa irmã mais velha, uma pequena enganação com a qual não estamos perfeitamente reconciliadas; no entanto, as circunstâncias foram tais que, se alguma coisa nos servir de desculpa, por certo serão elas.

O sr. Watts, nosso vizinho, fez propostas a Mary, propostas que ela não soube como receber, pois, embora nutra particular aversão por ele (na qual não está sozinha), mesmo assim se casaria de bom grado com o sujeito antes de arriscar vê-lo propondo casamento a Sophy ou a mim, coisa que, em caso de uma rejeição da parte dela, ele lhe falou que faria, pois a pobre garota, você precisa saber, considera um casamento nosso antes dela como um dos maiores infortúnios possíveis que poderiam lhe suceder e, para preveni-lo, de bom grado asseguraria infelicidade eterna para si por meio de um casamento com o sr. Watts.

Uma hora atrás, ela nos procurou para sondar nossas intenções a respeito da questão, que haveriam de determinar suas próprias intenções. Pouco antes, minha mãe nos fizera um relato do caso, contando-nos que certamente não o deixaria ir além de nossa própria família na busca por uma esposa.

— Portanto — disse ela —, se Mary não aceitá-lo, Sophy haverá de fazê-lo, e, se Sophy não o fizer, Georgiana *terá* de fazê-lo.

Pobre Georgiana! Nenhuma de nós tentou alterar a resolução de minha mãe, em quem as resoluções, lamento dizer, costumam ser mais estritamente mantidas do que racionalmente formadas. Tão logo ela saiu, entretanto, rompi o silêncio para garantir a Sophy que, se Mary rejeitasse o sr. Watts, eu não esperaria dela que sacrificasse sua felicidade virando esposa dele sob motivação de generosidade comigo, coisa que, receava eu, sua boa índole e sua afeição fraternal poderiam induzi-la a fazer.

— Alimentemos a esperança — respondeu ela — de que Mary não vai rejeitá-lo. Contudo, como posso esperar que minha irmã possa aceitar um homem incapaz de fazê-la feliz?

— *Ele* não pode, é verdade, mas sua fortuna, seu nome, sua casa, sua carruagem poderão, e não tenho a menor dúvida de que Mary irá se casar com ele; com efeito, por que não o faria? Ele não tem mais do que 32 anos, idade bastante apropriada para um homem se casar; é um tanto feio, com toda certeza, mas, por outro lado, o que é a beleza em um homem? Se ele tiver apenas uma figura distinta e um rosto de aparência sensata, isso já é mais do que suficiente.

– Tudo isso é bem verdade, Georgiana, mas, infelizmente, a figura do sr. Watts é vulgar ao extremo, e seu semblante é muito pesado.

– E depois, em matéria de temperamento, o dele já foi considerado ruim, mas será que o mundo não pode estar enganado em tal julgamento? Há uma franqueza aberta em sua personalidade que cai bem a um homem. Dizem que o sr. Watts é pão-duro; chamemos isso de prudência. Dizem que ele é desconfiado; isso decorre de um coração ardoroso sempre desculpável na juventude, e, para resumir, não vejo razão para que ele não revele ser um ótimo marido, ou para que Mary não seja muito feliz em sua companhia.

Sophy riu. Eu continuei:

– Entretanto, não importando que Mary o aceite ou não, estou decidida. Minha resolução está tomada. Eu nunca me casaria com o sr. Watts, mesmo que a mendicância fosse a única alternativa. Tão deficiente em todos os aspectos! Hediondo em sua pessoa, e desprovido de uma única qualidade para compensar isso. Sua fortuna, com toda certeza, é boa. Mas não é tão grande assim! Três mil por ano. O que são três mil por ano? Apenas seis vezes a renda de minha mãe. Não é tentação para mim.

– Contudo, será uma nobre fortuna para Mary – disse Sophy rindo de novo.

– Para Mary! Sim, sem dúvida, seria um prazer, para mim, ver Mary em tamanha prosperidade.

Assim prossegui, para grande divertimento de minha irmã, até a entrada de Mary no recinto, em grande agitação segundo parecia. Ela se sentou. Abrimos espaço para ela junto ao fogo. Mary aparentava não saber como começar e afinal falou, com certa confusão:

– Diga-me, por favor, Sophy, você nutre alguma ideia de se casar?

– Casar!? Nem a menor ideia. Mas por que você me pergunta? Conhece alguém que pretende me fazer proposta?

– Eu... não, como eu conheceria? Mas não posso fazer uma pergunta comum?

– Não é uma pergunta muito comum, Mary, isso é certo – disse eu.

Ela fez uma pausa e, após alguns momentos de silêncio, continuou:

– O que você pensaria da ideia de se casar com o sr. Watts, Sophy?

Pisquei para Sophy e respondi por ela:

– Quem no mundo não iria se rejubilar diante da perspectiva de se casar com um homem de três mil por ano?

– É bem verdade – ela respondeu. – Isso é bem verdade. Então você o aceitaria se ele lhe fizesse proposta, Georgiana? E você também, Sophy?

Sophy não gostava da ideia de enganar sua irmã e mentir para ela; escapou do segundo pecado e salvou metade de sua consciência por meio de ambiguidade.

– Eu por certo faria exatamente o mesmo que Georgiana.

– Pois bem – disse Mary com triunfo no olhar –, eu recebi uma proposta do sr. Watts.

Ficamos, claro, muito surpresas:

– Ah!, não o aceite – disse eu –, talvez então ele possa ficar comigo.

Para resumir, meu estratagema deu certo, e Mary tomou a resolução de fazer, para impedir nossa suposta felicidade, aquilo que não teria feito para garanti-la de verdade. Porém, apesar de tudo, sinto culpa em meu coração, e Sophy se mostra ainda mais conscienciosa.

Acalme nossas mentes, minha querida Anne, escrevendo e nos afirmando que aprova nossa conduta. Pondere bem. A condição de mulher casada será um verdadeiro prazer para Mary. E ela será capaz de nos acompanhar socialmente, coisa que por certo fará, pois me considero na obrigação de contribuir na maior medida possível com sua felicidade numa situação que a fiz escolher. Eles provavelmente vão adquirir uma carruagem nova, coisa que será um paraíso para Mary, e, se pudermos convencer o sr. W. a equipar seu faeton, ela ficará demasiado feliz. Nada, entretanto, serviria de consolação para Sophy ou para mim perante a desgraça doméstica. Lembre-se de tudo isso e não nos condene.

Sexta-feira

Ontem à noite, por compromisso marcado, o sr. Watts veio tomar chá conosco. Tão logo sua carruagem parou diante da porta, Mary foi até a janela.

– Será que você acredita, Sophy? – disse ela. – O velho tolo quer ter em seu novo carro a mesmíssima cor do antigo, e montado igual, bem baixo. Mas não vai ser assim... eu *vou* fazer valer a minha vontade. Se ele não aceitar uma carruagem tão alta quanto a das Dutton, e em azul pontilhado de prata, não fico com ele. Isso mesmo, não fico. Lá vem ele. Sei que ele vai ser rude; sei que vai se mostrar mal-humorado e não dirá para mim uma única gentileza!, e tampouco se comportará em absoluto como um enamorado.

Então ela se sentou e o sr. Watts entrou.

– Damas, eis aqui seu mais obediente.

Apresentamos nossos cumprimentos e ele se sentou.

– Clima excelente, damas.

Então, voltando-se para Mary:

– Bem, srta. Stanhope, espero que afinal tenha resolvido a questão em sua própria mente, e que possa ter a bondade de me dar a saber se a senhorita irá condescender em se casar comigo ou não.

– Creio – disse Mary – que o senhor poderia ter me perguntado de uma maneira mais educada. Não sei se *irei* aceitá-lo se o senhor mantiver esse comportamento excêntrico.

– Mary! – exclamou minha mãe.

– Bem, mamãe, se ele continuar tão irritadiço...

– Chega, chega, Mary, não seja rude com o sr. Watts.

– Por favor, minha senhora, não faça qualquer restrição à srta. Stanhope obrigando-a a ser cortês. Se ela optar por não aceitar minha mão, posso oferecê-la em outra parte, pois, como não me guio de modo algum por uma preferência particular pela senhorita em relação a suas irmãs, tanto faz, para mim, com qual das três irei me casar.

Já existiu canalha maior? Sophy corou de raiva, e eu me senti tão despeitada!

– Pois bem – disse Mary num tom aborrecido –, se é meu *dever*, então *aceito* sua mão.

– Srta. Stanhope, eu imaginava que, na oferta de tais acordos matrimoniais como aqueles que lhe ofereci, não poderia existir grande violência cometida contra inclinações pessoais na decisão de aceitá-los.

Mary resmungou algo que eu, sentada perto dela, mal consegui distinguir como: "Qual é a vantagem de grande arras, se os homens vivem para sempre?". E então, em volume audível:

– Lembre-se do dinheiro miúdo; duzentas libras por ano.

– Cento e setenta e cinco, minha senhora.

– Não, duzentas, senhor – disse minha mãe.

– E lembre-se, devo ganhar uma carruagem nova, montada tão alta quanto a das Dutton, e em azul pontilhado de prata; e devo contar com um novo cavalo de sela, um traje de bela renda e um número infinito das mais valiosas joias. Diamantes como nunca se viram, e pérolas, rubis, esmeraldas e contas intermináveis. O senhor deverá equipar seu faeton, que deverá ter cor creme com uma grinalda de flores prateadas em volta; deverá comprar quatro dos melhores baios do reino e me levar para passeios nele todos os dias. E isso não é tudo. O senhor deverá remobiliar inteiramente sua casa de acordo com meu gosto. Deverá contratar mais dois lacaios para me acompanharem, duas mulheres para me servirem, deverá sempre permitir que eu faça o que bem entender e ser um ótimo marido.

Aqui ela parou, creio que um tanto sem fôlego.

– Todas essas expectativas da minha filha, sr. Watts, são bastante razoáveis.

– E é muito razoável, sra. Stanhope, que a sua filha fique desapontada.

Ele ia prosseguir, mas Mary o interrompeu:

– O senhor deverá me construir uma elegante estufa e abastecê-la com plantas. Deverá me deixar passar todos os invernos em Bath, todas as primaveras na cidade, todos os verões saindo em alguma excursão e todos os outonos em um balneário, e, se estivermos em casa no resto do ano – (Sophy e eu rimos) –, o senhor não deverá fazer nada senão dar bailes e mascaradas. Deverá construir um salão com esse propósito, e um teatro no qual possamos encenar peças. A primeira peça que teremos será *Qual é o homem*, e eu interpretarei Lady Bell Bloomer.

– E faça o favor de me dizer, srta. Stanhope – pediu o sr. Watts –, o que posso eu esperar da senhorita em retribuição por tudo isso.

— Esperar? Ora, o senhor pode esperar me ver satisfeita.

— Seria esquisito se eu não esperasse isso. Suas expectativas, minha senhora, são altas demais para mim, e devo me dirigir à srta. Sophy, que talvez não tenha elevado tanto as dela.

— O senhor está enganado em tal suposição – disse Sophy –, pois, muito embora as duas possam não estar exatamente na mesma linha, minhas expectativas são, a pleno, tão elevadas quanto as de minha irmã; pois espero que meu marido seja bem-humorado e jovial, que consulte minha felicidade em todas as suas ações e que me ame com constância e sinceridade.

O sr. Watts a encarou.

— Essas são ideias muito esquisitas, realmente, minha jovem dama. Seria melhor a senhorita descartá-las antes de se casar, ou será obrigada a fazê-lo depois.

Minha mãe, nesse meio-tempo, repreendia Mary, que se dera conta de ter ido longe demais e, justo no momento em que o sr. Watts estava se virando para mim com intenção, acredito, de me fazer proposta, lhe falou com uma voz meio humilde, meio amuada:

— Está enganado, sr. Watts, se pensa que eu falava sério quando declarei esperar tanto. Entretanto, preciso ganhar uma carruagem nova.

– Sim, o senhor há de conceder que Mary tem o direito de esperar isso.

– Sra. Stanhope, eu *pretendo* e sempre pretendi adquirir uma nova por ocasião de meu casamento. Mas vai ter a cor de meu atual veículo.

– Creio, sr. Watts, que o senhor deveria prestar à minha menina o elogio de consultar seu gosto nesses assuntos.

O sr. Watts se recusou a concordar com tal coisa, e insistiu, por algum tempo, que a cor fosse o chocolate, enquanto Mary defendia com avidez o azul pontilhado de prata. Por fim, contudo, Sophy propôs que, para contentar o sr. W., a cor seria o marrom escuro, e que, para contentar Mary, a montagem seria um tanto alta, com moldura em prata. Isso trouxe afinal uma concordância, embora relutante de ambos os lados, pois cada um pretendera impor por inteiro sua condição.

Passamos então para outras questões, e ficou decidido que os dois iriam se casar tão logo as documentações estivessem prontas. Mary ansiava muito por uma licença especial, e o sr. Watts falava em proclamas. Chegou-se afinal ao acordo de uma licença comum. Mary ficará com todas as joias da família, que não são nem um pouco consideráveis, acredito, e o sr. W. prometeu lhe comprar um cavalo de sela; em retribuição, porém, ela não deve contar com idas à cidade ou quaisquer outros locais públicos pelos próximos três anos. Ela não terá nem estufa, nem teatro, nem faeton; terá de se contentar com uma criada, sem um lacaio adicional. Resolver todos esses assuntos absorveu a noite toda; o sr. W. ceou conosco e não foi embora antes das doze. Tão logo ele se foi, Mary exclamou:

– Graças aos céus!, ele saiu, afinal; como detesto esse homem!

Foi em vão que mamãe lhe representou a impropriedade da qual era culpada no desagrado com o indivíduo que haveria de ser seu marido, pois ela insistia em declarar sua aversão por ele e em acalentar a esperança de nunca mais voltar a vê-lo. Que casamento será esse!

Adieu, minha querida Anne.

Sua fiel e sincera

Georgiana Stanhope

Da mesma à mesma

Sábado

Querida Anne,
Mary, ávida por fazer com que todos tomassem conhecimento de seu casamento vindouro, e mais particularmente desejosa de triunfar, segundo

afirmou, sobre as Dutton, pediu-nos para caminhar com ela hoje de manhã até Stoneham. Como não tínhamos mais nada para fazer, concordamos de pronto e fizemos uma caminhada tão agradável quanto possível com Mary, cuja conversação consistiu de todo em insultar o homem com quem estava tão prestes a se casar, e em ansiar por uma carruagem azul pontilhada de prata. Quando chegamos à casa das Dutton, encontramos as duas moças no quarto de vestir, acompanhadas de um jovem muito bonito que nos foi, é claro, apresentado. Ele é filho de Sir Henry Brudenell, de Leicestershire. O sr. Brudenell é o homem mais bonito que já vi na vida; nós três ficamos muitíssimo encantadas com ele. Mary, que desde o momento de nossa entrada no quarto de vestir se ensoberbara pela noção de sua própria importância e pelo desejo de torná-la conhecida, não foi capaz de permanecer calada nesse tópico por muito tempo depois de já estarmos sentadas, e logo em seguida, dirigindo-se a Kitty, disse:

– Não crê que será necessário fazer engaste novo para todas as joias?

– Necessário para quê?

– Para quê!? Ora, para minha aparição.

– Eu lhe peço perdão, mas realmente não estou entendendo. De que joias você está falando, e onde vai ocorrer sua aparição?

– No próximo baile, com toda certeza, depois do meu casamento.

Você pode imaginar a surpresa das duas. Elas ficaram incrédulas a princípio, mas, quando nos unimos à história, por fim acreditaram.

– E com quem será? – foi, claro, a primeira pergunta.

Mary fingiu acanhamento e respondeu, confusa, olhar caído:

– Com o sr. Watts.

Isso também exigiu confirmação de nossa parte, pois mal poderia merecer crédito da parte delas a hipótese de que alguém com a beleza e o dote (por menor que seja, não deixa de ser uma provisão) de Mary fosse se casar de bom grado com o sr. Watts. Com o assunto estando agora razoavelmente introduzido, ela se viu na condição de objeto das atenções de todos os presentes, perdeu por completo sua confusão e se tornou perfeitamente comunicativa e despida de reservas.

– Admira-me que vocês não tenham ouvido falar de nada antes, porque coisas dessa natureza costumam ser bem conhecidas pela vizinhança.

– Eu lhe garanto – disse Jemima – que nunca tive a menor suspeita do caso. Faz tempo que o assunto está em agitação?

– Ah!, sim, desde quarta-feira.

Todos sorriram, em particular o sr. Brudenell.

– Saibam que o sr. Watts está muitíssimo apaixonado por mim, de modo que se trata, sem dúvida, de uma união por afeto da parte dele.

– Não apenas da parte dele, suponho – disse Kitty.

– Ah!, quando há tanto amor de um lado, não há necessidade de afeto pelo outro. Entretanto, minha aversão por ele não é tão grande assim, embora ele seja muito feio, com toda certeza.

O sr. Brudenell a encarou, as senhoritas Dutton riram, e Sophy e eu ficamos vivamente envergonhadas por nossa irmã. Ela prosseguiu:

– Teremos uma carruagem de posta nova, e muito provavelmente poderemos equipar nosso faeton.

Isso era falso, como nós sabíamos, mas a pobre garota estava encantada com a ideia de persuadir os presentes de que se passaria tal coisa, e eu não quis privá-la de tão inofensivo divertimento. Ela continuou:

– O sr. Watts irá me presentear com as joias da família, as quais, julgo eu, são bastante consideráveis.

Não pude deixar de sussurrar para Sophy:

– Eu julgo que não.

– Essas joias são aquilo que, suponho, precisa ganhar novo engaste antes que possa ser usado. Não irei usá-las antes do primeiro baile que eu frequentar após meu casamento. Se a sra. Dutton não o frequentar, espero que vocês me permitam acompanhá-las; certamente levarei Sophy e Georgiana.

– É muita bondade sua – disse Kitty – e, uma vez que você se propõe a assumir a tutela de jovens damas, dou-lhe o conselho de convencer a sra. Edgecumbe a lhe permitir que acompanhe socialmente suas seis filhas, que, com suas duas irmãs e nós aqui, farão de sua *entrée* um evento muito respeitável.

Kitty provocou em todos um sorriso, exceto em Mary, que não entendeu sua intenção e respondeu com frieza que não gostaria de acompanhar tantas. Sophy e eu tentamos então mudar o rumo da conversa, mas só tivemos êxito por alguns minutos, pois Mary se encarregou de reconvocar as atenções para si e para seu casamento vindouro. Lamentei por minha irmã ao ver que o sr. Brudenell parecia estar ouvindo com prazer seu relato, e até mesmo incentivando-a com perguntas e comentários, pois era evidente que seu único objetivo era rir dela. Receio que ele a tenha considerado muito ridícula. O jovem mantinha perfeita compostura no semblante, mas era fácil perceber que apenas com dificuldade a mantinha. Por fim, contudo, pareceu ficar cansado e enojado com sua conversação ridícula, porque se voltou dela para nós, não lhe dirigindo senão poucas palavras por cerca de meia hora antes de sairmos de Stoneham. Assim que nos encontramos fora da casa, todas nos unimos no louvor à pessoa e aos modos do sr. Brudenell.

Encontramos o sr. Watts em casa.

– Então, srta. Stanhope – disse ele –, veja só, vim todo cortejador, no mais puro estilo dos amantes.

– Bem, o senhor não precisava ter me *dito* isso. Eu sabia muito bem o motivo da sua vinda.

Sophy e eu saímos da sala naquele momento, imaginando, claro, que devíamos estar atrapalhando a iniciação de uma cena de cortejo. Ficamos surpresas quando nos vimos seguidas quase de imediato por Mary.

– E o seu cortejo terminou tão depressa? – perguntou Sophy.

– Cortejo!? – retrucou Mary. – Nós estávamos brigando. Watts é um tolo tão grande! Espero nunca mais voltar a vê-lo.

– Receio que voltará – disse eu –, pois ele vai jantar aqui hoje. Mas qual foi o desentendimento entre vocês?

– Ora, só porque eu lhe contei que tinha visto um homem bem mais bonito do que ele hoje de manhã, Watts se deixou levar por um grande ardor e me chamou de megera, por isso eu só esperei para lhe dizer que o considerava um salafrário e fui embora.

– Curta e doce – disse Sophy –, mas me diga, Mary, como isso será consertado?

– Ele deveria me pedir perdão; porém, se fizesse isso, eu não iria perdoá-lo.

– A submissão dele, assim, não seria muito útil.

Quando nos vestimos, retornamos à sala de estar, onde mamãe e o sr. Watts desenvolviam íntima conversação. Parece que ele estivera se queixando do comportamento de sua filha, e que ela o persuadira a não pensar mais no assunto. Assim sendo, ele recebeu Mary com toda a sua costumeira cortesia, e, exceto por uma menção ao faeton e outra à estufa, a noite correu com grande harmonia e cordialidade. Watts está indo à cidade para acelerar os preparativos do casamento.

Permaneço sua afetuosa amiga

G.S.

Uma coletânea de cartas

Para a srta. Cooper
Cara prima,
Consciente do caráter charmoso que por todos os cantos
e em cada clima da cristandade é clamado concernente
à senhorita, com cautela e cuidado confio a sua crítica
caridosa esta seleção culta de comentários curiosos,
que foram cuidadosamente colhidos, coletados e
classificados por sua cômica prima, a autora

Carta primeira
De uma mãe para sua amiga

Minhas filhas agora começam a reivindicar todas as minhas atenções de um modo diferente daquele que estavam acostumadas a recebê-las, pois agora chegaram à idade na qual lhes é necessário, em alguma medida, adquirir familiaridade com o mundo. Minha Augusta completou dezessete anos, e sua irmã mal tem doze meses menos. Acalento a ideia lisonjeira de que sua educação tenha sido tal que não lhes desgrace a entrada no mundo, e tenho todas as razões para crer que *elas* não irão desgraçar sua educação. Com efeito, são doces garotas: sensatas, mas desafetadas; talentosas, mas afáveis; animadas, mas meigas.

Uma vez que o progresso em tudo que aprenderam foi sempre o mesmo, disponho-me a esquecer a diferença de idade e a apresentá-las em público juntas. Esta exata noite foi marcada para sua primeira *entrée* na vida, pois iremos tomar chá com a sra. Cope e sua filha. Pelo bem de minhas garotas, fico contente com a circunstância de que não encontraremos ninguém, pois seria embaraçoso, para elas, ingressar num círculo amplo demais no primeiríssimo dia. Mas avançaremos por etapas... Amanhã, a família do sr. Stanly tomará chá conosco, e talvez as senhoritas

Phillips apareçam. Na terça-feira, faremos visitas matinais; na quarta-feira, deveremos jantar em Westbrook. Na quinta-feira, teremos companhia em casa. Na sexta-feira, iremos comparecer a um concerto privado na residência de Sir John Wynna; e para sábado aguardamos uma visita da srta. Dawson pela manhã, o que vai completar a introdução de minhas filhas à vida. Como conseguirão suportar tanta dissipação, não consigo imaginar; em relação a seus ânimos não tenho quaisquer receios, temo apenas por sua saúde.

O poderoso caso agora está felizmente superado, e minhas garotas *estão apresentadas*. Enquanto se aproximava o momento de nossa partida, você não faz ideia de como as doces criaturas tremiam de medo e expectativa. Antes que a carruagem surgisse diante da porta, chamei-as ao meu quarto de vestir e, tão logo as duas se sentaram, assim me dirigi a elas:

– Minhas queridas meninas, é chegado agora o momento em que poderei colher as recompensas para todas as minhas ansiedades e labores para com vocês durante sua educação. Vocês haverão de adentrar, esta noite, um mundo no qual irão se deparar com inúmeras coisas maravilhosas; entretanto, me permitam adverti-las para que não se deixem ser maldosamente influenciadas pelos desatinos e vícios dos outros, pois, creiam em mim, minhas amadas crianças: se o fizerem... haverei de lamentar muito.

Ambas me asseguraram de que sempre se lembrariam de meu conselho com gratidão e o seguiram com atento cuidado; de que estavam preparadas para encontrar um mundo cheio de coisas capazes de lhes causar espanto e choque; mas que, segundo confiavam, seu comportamento jamais me daria motivo de arrependimento pelo vigilante carinho com o qual eu supervisionara suas infâncias e formara suas mentes.

– Com tais expectativas e tais intenções – exclamei –, nada tenho a temer por vocês... e posso alegremente conduzi-las à residência da sra. Cope sem qualquer temor de que sejam seduzidas pelo exemplo dela ou contaminadas por seus desatinos. Então venham, minhas crianças – acrescentei eu –, a carruagem está se aproximando da porta, e não quero adiar sequer por um momento a felicidade da qual tão impacientes vocês estão para desfrutar.

Quando chegamos a Warleigh, a pobre Augusta mal conseguia respirar, ao passo que Margaret era pura vida e arrebatamento.

– O tão esperado momento é agora chegado – disse ela –, e logo estaremos no mundo.

Dali a poucos momentos já estávamos na sala de estar da sra. Cope, onde, com sua filha, ela nos aguardava sentada, pronta para nos receber. Observei com deleite a impressão provocada nelas por minhas filhas. Elas eram, de fato, duas mocinhas doces, de aspecto elegante, e, embora um tanto desconcertadas pela peculiaridade de sua situação, transmitiam um desembaraço nos modos e no trato que não poderia deixar de agradar. Imagine, minha querida senhora, quão deleitada por certo fiquei ao contemplar, como fiz, quão atentamente elas observavam cada objeto que viam, quão enojadas com certas coisas, quão encantadas com outras, quão atônitas perante tudo! De um modo geral, porém, retornaram arrebatadas com o mundo, seus habitantes e seus modos.

Sempre sua,

A.F.

Carta segunda
De uma jovem dama frustrada no amor para sua amiga

Por que deveria este último desapontamento pesar tanto em meu ânimo? Por que deveria eu senti-lo mais, por que deveria ele me ferir mais fundo do que os experimentados antes? Será possível que eu sinta por Willoughby um afeto maior do que o sentido por seus amáveis predecessores? Ou ocorre que nossos sentimentos vão ficando mais intensos com as feridas frequentes? Só posso supor ser esse o caso, minha querida Belle, uma vez que não tenho noção consciente de ser mais sinceramente apegada a Willoughby do que fui por Neville, Fitzowen ou qualquer um dos Crawford, por todos os quais outrora senti o mais duradouro afeto que jamais aqueceu o coração de uma mulher. Então me diga, querida Belle: por que suspiro ainda quando penso no infiel Edward, ou por que choro quando contemplo sua esposa, pois com toda certeza é esse o caso? Meus amigos estão todos alarmados por minha causa. Temem por minha saúde declinante; lamentam minha falta de ânimo; receiam os efeitos de ambas as coisas. Na esperança de aliviar minha melancolia direcionando meus pensamentos para outros assuntos, convidaram diversos de seus amigos para passar o Natal conosco. Lady Bridget Dashwood e sua cunhada, a srta. Jane, são esperadas para sexta-feira; e a família do coronel Seaton estará conosco na semana que vem. Tudo isso se deve às mais bondosas intenções de meu tio e primos, mas o que poderei ganhar com a presença de uma dúzia de pessoas indiferentes senão cansaço e aflição? Só terminarei minha carta depois da chegada de alguns dos nossos visitantes.

Noite de sexta-feira

Lady Bridget chegou hoje de manhã e, com ela, sua doce irmã, a srta. Jane. Embora eu conheça esta encantadora mulher há mais de quinze anos, nunca antes eu havia observado o quão adorável ela é. Ela tem agora cerca de 35 anos e, apesar da doença, da tristeza e do tempo, exala um viço como nunca vi numa mocinha de dezessete. Fiquei maravilhada com a srta. Jane no momento de sua entrada na casa, e ela pareceu igualmente satisfeita comigo, mantendo-se junto de mim durante o resto do dia. Existe em seu semblante algo tão doce, tão meigo, que ela parece mais do que mortal. Sua conversação é tão fascinante quanto sua aparência; não pude deixar de lhe dizer o quanto ela conquistava minha admiração.

– Ah, srta. Jane! – exclamei.

E me calei, devido a uma inabilidade momentânea de me expressar como eu gostaria.

– Ah, srta. Jane! – repeti.

Não me ocorriam palavras que correspondessem a meus sentimentos. Ela parecia estar esperando minha fala. Fiquei confusa – aflita – meus pensamentos estavam desorientados – e consegui acrescentar apenas:

– Como vai?

Ela percebeu e se compadeceu de meu embaraço e, com admirável presença de espírito, aliviou-me dele dizendo:

– Minha querida Sophia, não se inquiete por ter se exposto... Vou mudar o rumo da conversa sem parecer notá-lo.

Ah, como adorei a srta. Jane por sua bondade!

– Você continua cavalgando tanto quanto costumava cavalgar? – ela perguntou.

– Meu médico me aconselhou a cavalgar. Nós temos passeios deliciosos aqui em volta, sou dona de um cavalo encantador, tenho incomum apreço por esse divertimento – respondi, totalmente recuperada de minha confusão – e, para resumir, cavalgo um bocado.

– Você faz a coisa certa, minha querida – disse ela.

Então, depois de repetir um verso improvisado e igualmente adaptado para recomendar tanto equitação como franqueza, "Cavalgue onde puder; seja franca onde for capaz", acrescentou:

– Eu cavalgava outrora, mas muitos anos atrás.

Disse isso com tão baixa e trêmula voz que fiquei em silêncio – abalada por seu modo de falar, não consegui retrucar.

– Nunca mais cavalguei – continuou ela, fixando seus olhos em meu rosto – desde o meu casamento.

Nunca senti surpresa maior.

– Casada, minha senhora! – repeti.

– Sua expressão atônita é bastante justificada – disse ela –, pois o que eu falei deve lhe parecer improvável. Contudo, nada é mais verdadeiro do que o fato de que fui outrora casada.

– Então por que seu nome é "srta. Jane"?

– Eu me casei, minha Sophia, sem o consentimento ou conhecimento de meu pai, o falecido almirante Annesley. Foi necessário, portanto, esconder tal segredo dele e de todas as outras pessoas até que se oferecesse alguma oportunidade afortunada de revelá-lo. Essa oportunidade, ai de mim!, foi-me concedida cedo demais, com a morte de meu querido capitão Dashwood...

— Perdoe estas lágrimas — continuou a srta. Jane, enxugando seus olhos —, eu as devo à memória do meu marido. Ele tombou, minha Sophia, enquanto lutava por seu país na América, após uma muitíssimo feliz união de sete anos. Meus filhos, dois doces meninos e uma menina, que haviam residido de maneira constante com meu pai e comigo, passando perante ele e todos como filhos de um irmão (embora eu sempre tivesse sido uma filha única), haviam sido até ali as consolações de minha vida. Contudo, tão logo eu perdera meu Henry, aquelas doces criaturas adoeceram e morreram. Imagine, querida Sophia, o que devem ter sido meus sentimentos quando, na condição de tia, acompanhei meus filhos até sua precoce sepultura... Meu pai não lhes sobreviveu por muitas semanas... Morreu, pobre velhinho, na feliz ignorância de meu casamento até sua hora final.

— Mas a senhora não adquiriu e assumiu o nome de seu marido por ocasião de sua morte?

— Não; não consegui criar coragem para isso; sobretudo quando, com meus filhos, perdi todo o incentivo para fazê-lo. Lady Bridget e você são as únicas pessoas inteiradas do fato de que fui esposa ou mãe. Como não fui capaz de me convencer a assumir o nome Dashwood (um nome que, depois da morte de meu Henry, nunca mais consegui ouvir sem emoção), e como eu estava ciente de não ter qualquer direito ao nome Annesley, abandonei qualquer pretensão a ambos e fiz questão de usar apenas meu nome de batismo, desde a morte de meu pai.

Ela fez uma pausa.

– Ah, minha querida srta. Jane! – exclamei. – Quão infinitamente lhe sou devedora por uma tão interessante história! Nem pode imaginar como me distraiu! Mas já terminou?

– Tenho apenas para acrescentar, minha querida Sophia, que, com o irmão mais velho de meu Henry morrendo mais ou menos na mesma época, Lady Bridget tornou-se uma viúva como eu e, como nós sempre havíamos nos amado em pensamento, pelas elevadas palavras com as quais sempre havíamos sido mencionadas, embora nunca tivéssemos nos encontrado, decidimos viver juntas. Escrevemos uma à outra sobre o mesmo assunto pelo mesmo correio, tão exatamente coincidiam nossos sentimentos e nossas ações! Ambas aceitamos avidamente as propostas que fizemos e recebemos, no sentido de que virássemos uma só família, e moramos juntas desde então no mais profundo afeto.

– E isso é tudo? – perguntei. – Espero que não tenha terminado.

— Terminei, de fato; e alguma vez você ouviu uma história mais patética?

— Nunca... E é por essa razão que me agrada tanto, pois, quando estamos infelizes, nada é mais delicioso para nossas sensações do que ouvir falar de uma desgraça semelhante.

— Ah!, mas, minha Sophia, por que *você* está infeliz?

— Não tomou conhecimento, minha senhora, do casamento de Willoughby?

— Mas, minha querida, por que lamentar a perfídia *dele*, quando antes você suportou tão bem a de vários outros jovens?

— Ah!, minha senhora, eu estava acostumada naquele tempo, mas, quando Willoughby rompeu o noivado, já fazia meio ano que ninguém me desapontava.

— Pobre garota! – exclamou a srta. Jane.

Carta terceira
De uma jovem dama em circunstâncias aflitivas para sua amiga

Alguns dias atrás, compareci a um baile privado promovido pelo sr. Ashburnham. Minha mãe, por nunca sair de casa, confiou-me ao cuidado de Lady Greville, que me concedeu a honra de vir me buscar a caminho do baile e de me permitir sentar na frente, favor em relação ao qual sou bastante indiferente, sobretudo porque sei que é considerado como conferidor de grande dívida de gratidão.

– Então, srta. Maria – disse sua senhoria quando viu que eu me aproximava da porta da carruagem –, sua elegância esta noite salta aos olhos... As *minhas* pobres garotas parecerão em grande desvantagem ao *seu* lado. Só espero que a sua mãe não tenha ficado aflita por ver *a senhorita* partir. Está usando um vestido novo?

– Sim, minha senhora – respondi com a máxima indiferença de que fui capaz.

– Sim, e um belo vestido ainda por cima, creio eu – tocando-o quando, com sua permissão, eu me sentei a seu lado. – Ouso dizer que é muitíssimo elegante... mas devo confessar, pois, como a senhorita sabe, sempre digo aquilo que penso, que na minha opinião essa foi uma despesa um tanto desnecessária... Você não poderia ter usado aquele seu velho vestido listrado? Não é meu costume ver defeito nas pessoas por elas serem pobres, pois sempre considero que devem ser mais desprezadas e lamentadas do que culpadas, sobretudo quando sua pobreza é inevitável, mas, ao mesmo tempo, devo dizer que, na minha opinião, o seu velho vestido listrado teria se prestado mais do que bem à pessoa que o usa, pois, para lhe dizer a verdade... sempre digo aquilo que penso... receio muitíssimo que metade das pessoas presentes no salão nem mesmo saberão se a senhorita está usando um vestido ou não... Suponho, porém, que a senhorita pretenda conquistar sua fortuna esta noite. Bem, quanto antes melhor; e lhe desejo sucesso.

– Na verdade, minha senhora, não tenho a menor intenção nesse sentido...

– Quem alguma vez já escutou uma jovem dama reconhecer que é uma caçadora de dotes?

A srta. Greville riu, mas Ellen, tenho certeza, compadeceu-se de mim.

– Sua mãe já tinha se deitado quando a senhorita saiu? – perguntou sua senhoria.

– Minha querida senhora – disse Ellen –, ainda são apenas nove horas.

– Verdade, Ellen, mas as velas custam dinheiro, e a sra. Williams é sensata demais para se permitir extravagâncias.

– Minha mãe acabara de se sentar para cear, senhora.

– E que tinha ela para sua ceia?

– Não reparei.

– Pão e queijo, suponho.

– Eu não desejaria uma ceia melhor – disse Ellen.

– Você nunca teve qualquer razão para isso – retrucou sua mãe –, porque sempre dispõe de algo melhor.

A srta. Greville riu excessivamente, como constantemente faz perante os ditos espirituosos da sua mãe. Tal é a humilhante situação na qual sou forçada a me encontrar ao ser transportada na carruagem de sua senhoria. Não me atrevo a ser impertinente, pois minha mãe sempre me adverte de que preciso ser humilde e paciente se eu quiser subir na vida. Ela insiste que devo aceitar todos os convites de Lady Greville; não fosse isso, você pode ter certeza de que eu jamais entraria em sua casa e tampouco em sua carruagem, tendo sempre a desagradável convicção de que serei insultada por minha pobreza enquanto estiver nelas.

Quando chegamos a Ashburnham, já eram quase dez horas, ou seja, chegamos uma hora e meia depois do momento para o qual éramos esperadas, mas Lady Greville é requintada demais (ou assim se julga) para ser pontual. Contudo, as danças não haviam começado, pois os convivas aguardavam a srta. Greville. Eu mal me ambientara no salão quando fui convidada para dançar pelo sr. Bernard, mas, bem no momento em que nos colocávamos de pé, ele recordou que seu criado havia ficado com suas luvas brancas e imediatamente saiu correndo para buscá-las. Nesse meio tempo, o baile começou, e Lady Greville, rumando para outra sala, passou exatamente diante de mim. Ela me viu e, parando no mesmo instante, disse-me, embora houvesse diversas pessoas perto de nós:

– Ora, ora, srta. Maria! O quê, não consegue arranjar um par? Pobre mocinha! Receio que o seu vestido novo não lhe tenha servido para nada. Mas não se desespere, talvez ainda consiga arrastar um pezinho antes que a noite termine.

Assim dizendo, ela seguiu em frente sem ouvir minha repetida garantia de que eu estava comprometida, e deixando-me muitíssimo irritada por ter sido exposta daquela forma diante de todas as pessoas. O sr. Bernard, contudo, regressou depressa, e, como veio ao meu encontro assim que entrou no salão e me conduziu para junto dos bailantes, minha reputação ficou livre da imputação que Lady Greville lhe lançara, segundo espero, aos olhos de todas as damas idosas que haviam escutado suas palavras.

Dentro em pouco, o prazer de dançar e de ter o par mais agradável do salão me fez esquecer todas as minhas vexações. Sendo ele, além do mais, herdeiro de um vasto patrimônio, pude perceber que Lady Greville não se mostrou lá muito satisfeita quando descobriu quem havia sido a escolha dele.

Ela estava determinada a me mortificar, e, em conformidade, quando estávamos sentados no intervalo entre as danças, veio ao meu encontro com uma imponência mais insultante do que lhe era habitual, acompanhada pela srta. Mason, e disse, em voz alta o bastante para ser ouvida por metade das pessoas no salão:

– Faça o favor de me contar, srta. Maria: em que ramo de negócios atuava o seu avô? É que a srta. Mason e eu não conseguimos acertar nossos palpites: ele foi um merceeiro ou um encadernador?

Compreendi que ela queria me mortificar, e tomei a resolução de, se me fosse possível, impedi-la de ver seu plano funcionar.

– Nem uma coisa nem outra, minha senhora; ele foi um comerciante de vinhos.

– Isso, eu sabia que tinha sido algo de baixo nível... Ele foi à falência, não foi?

– Creio que não, minha senhora.

– Ele não fugiu da justiça?

– Nunca tomei conhecimento disso.
– Ele morreu insolvente, pelo menos?
– Nunca me disseram isso antes.
– O quê, seu *pai* não era pobre como um rato?
– Não que eu saiba.
– Ele não esteve certa vez no tribunal do rei?
– Nunca o vi lá.

Ela me lançou um olhar *daqueles* e se afastou num furor passional; eu, de minha parte, sentia-me meio deleitada com minha impertinência e meio temerosa de ser considerada insolente demais.

Como estava extremamente zangada comigo, Lady Greville não voltou a me dar atenção pelo resto da noite, e, com efeito, tivesse eu estado em suas boas graças, teria sido igualmente negligenciada, pois ela ingressou num grupo de gente importante, e nunca me dirige a palavra quando pode falar com qualquer outra pessoa. A srta. Greville ficou com o grupo de sua mãe durante a ceia, mas Ellen preferiu permanecer comigo e com os Bernard. Foi um baile muito aprazível e, como Lady G. dormiu durante o trajeto todo para casa, tive um deslocamento muito confortável.

No dia seguinte, enquanto estávamos jantando, o coche de Lady Greville parou diante da porta, pois essa é a hora do dia na qual ela geralmente dá um jeito de aparecer. A dama enviou mensagem pelo criado, afirmando que "não sairia do coche, mas que a srta. Maria devia vir até a porta do coche, pois ela desejava lhe dizer algo, e devia se apressar e vir imediatamente...".

– Que mensagem impertinente, mamãe! – exclamei eu.

– Vá, Maria – retrucou ela.

Em conformidade fui e me vi obrigada a ficar ali de pé, ao bel-prazer de sua senhoria, embora o vento estivesse extremamente forte e muito frio.

– Ora, parece-me, srta. Maria, que sua figura não está tão elegante como estava ontem à noite. Mas não vim para examinar o seu vestido, e sim para lhe dizer que a senhorita pode jantar conosco depois de amanhã... não amanhã, lembre-se, não venha amanhã, pois estaremos esperando Lord e Lady Clermont e a família de Sir Thomas Stanley. Não será ocasião para que a senhorita esteja em grande requinte, pois não enviarei a carruagem... Se chover, poderá levar um guarda-chuva – mal consegui segurar o riso, ouvindo-a conceder licença para que eu me mantivesse seca. – E, por favor, lembre-se de chegar na hora certa, pois não hei de esperar... Odeio ter meus alimentos cozidos além do ponto. Mas a senhorita não precisa chegar *antes* da hora. Como vai a sua mãe? Ela está jantando, não está?

– Sim, minha senhora, estávamos no meio do jantar quando sua senhoria chegou.

– Receio que esteja sentindo muito frio, Maria – disse Ellen.

– Sim, está soprando um vento leste terrível – disse sua mãe. – Posso lhe garantir, mal consigo suportar a janela aberta. Mas a senhorita está acostumada a ser arrastada para lá e para cá pelo vento, e foi isso que lhe deu essa pele tão rubra e áspera. Vocês, jovens damas que não podem andar com frequência em carruagens, não se importam com o clima sob o qual penam em suas marchas, tampouco com a forma como suas pernas são exibidas pelo vento. Eu não permitiria que *minhas* filhas saíssem ao ar livre, como a senhorita faz, num dia assim. Mas pessoas de certa espécie não têm quaisquer sensações de frio ou delicadeza... Bem, lembre-se de que estaremos à sua espera na quinta-feira, às cinco horas. A senhorita deverá mandar sua criada ir buscá-la à noite... Não haverá luar, e a senhorita terá uma horrenda caminhada de volta para casa. Meus cumprimentos à sua mãe... Receio que o seu jantar vá ficar frio. Condutor, vamos em frente...

E lá foi a dama, deixando-me furiosa com ela, como sempre.

Maria Williams

Carta quarta
*De uma jovem dama um tanto impertinente
para sua amiga*

Jantamos ontem na casa do sr. Evelyn, onde fomos apresentadas a uma moça de aspecto muito agradável, prima dele. Fiquei extremamente satisfeita com sua aparência, pois, em acréscimo aos encantos de um rosto sedutor, seus modos e sua voz detinham em si algo de peculiarmente interessante. Tanto que me inspiraram uma grande curiosidade por conhecer a história da sua vida, quem eram seus pais, de onde ela vinha e o que lhe sucedera, pois de momento sabia-se apenas que era parente do sr. Evelyn e que seu nome era Grenville. À noite, ofereceu-se a mim uma oportunidade favorável de tentar pelo menos saber o que eu desejava saber, pois todos estavam jogando cartas menos a sra. Evelyn, minha mãe, o dr. Drayton, a srta. Grenville e eu, e, como as duas primeiras encontravam-se absortas numa sussurrante conversação, com o doutor adormecido, vimo-nos, por necessidade, obrigadas a entreter uma à outra. Era o que eu desejava e, estando determinada a não permanecer na ignorância por deixar de perguntar, iniciei a conversa da seguinte maneira:

– Encontra-se faz muito tempo em Essex, minha senhora?

– Cheguei na terça-feira.

– Veio de Derbyshire?

– Não, minha senhora! – parecendo surpresa com a minha pergunta. – De Suffolk.

Você pensará que esse foi um belo atrevimento da minha parte, querida Mary, mas você sabe que não me falta descaramento quando tenho um fim em mente.

– Está satisfeita com a região, srta. Grenville? Considerou-a semelhante àquela que deixou?

– Muito superior, minha senhora, no âmbito da beleza – ela suspirou. Eu ansiava saber por quê.

– Mas o semblante de qualquer região, por muito lindo que seja – disse eu –, só pode ser uma fraca consolação pela perda de nossos mais queridos amigos.

Ela sacudiu a cabeça, como se sentisse a verdade do que eu dizia. Minha curiosidade estava tão estimulada que tomei a resolução de satisfazê-la a qualquer custo.

– Arrepende-se, então, de ter deixado Suffolk, srta. Grenville?

– Sim, sem dúvida.

– A senhorita nasceu lá, suponho...

– Sim, minha senhora, isso mesmo, e passei muitos anos felizes lá...

– Esse é um grande conforto – disse eu. – Espero, minha senhora, que jamais tenha passado um *in*feliz lá...

– A felicidade perfeita não é patrimônio dos mortais, e ninguém tem o direito de esperar uma felicidade ininterrupta. Com *alguns* infortúnios eu por certo me deparei.

– *Quais* infortúnios, minha cara senhora? – retruquei eu, ardendo de impaciência por saber tudo.

– Nenhum, minha senhora, segundo espero, que tenha sido efeito de alguma culpa deliberada de minha parte.

– Não ouso dizer o contrário, minha senhora, e não tenho dúvida de que quaisquer sofrimentos que possa ter experimentado só poderão ter decorrido de crueldades dos parentes ou dos erros de amigos.

Ela suspirou.

– Sua expressão me parece infeliz, minha querida srta. Grenville. Não estará ao meu alcance algo que possa suavizar seus infortúnios?

– *Seu* alcance, minha senhora! – retrucou ela extremamente surpresa. – Não está ao alcance de *ninguém* me fazer feliz.

Ela pronunciou essas palavras num tom a tal ponto pesaroso e solene que, por algum tempo, não tive coragem de retrucar. Fiquei efetivamente silenciada.

Entretanto, passados alguns instantes consegui me recompor e, fitando-a com a máxima afeição de que eu era capaz, disse-lhe:

– Minha querida srta. Grenville, sua aparência é extremamente jovem... e talvez possa estar necessitando do conselho de alguém cujo interesse pela senhorita, unido a uma idade superior, talvez a um discernimento superior, outorgue possível autoridade para o aconselhamento. Eu sou essa pessoa, e a desafio, agora, a aceitar a oferta que lhe faço da minha confiança e amizade, pedindo-lhe somente que retribua com a sua...

– É extremamente amável da sua parte, minha senhora – disse ela –, e me sinto profundamente lisonjeada pela atenção devotada a mim. Mas não me encontro em dificuldade, dúvida ou incerteza de situação na qual possa ser requerido qualquer conselho. Quando for o caso, entretanto – prosseguiu ela iluminando-se com um sorriso complacente –, sem falta saberei a quem recorrer.

Fiz uma reverência, mas me senti bastante mortificada com tal rejeição; mesmo assim, eu não desistira do meu propósito. Tendo constatado que pela aparência do sentimento e da amizade eu nada conseguiria ganhar, decidi, por conseguinte, renovar meus ataques por meio de perguntas e suposições.

– Pretende permanecer por longo tempo nestas partes da Inglaterra, srta. Grenville?

– Sim, minha senhora, por algum tempo, acredito.

– Mas como poderão o sr. e a sra. Grenville suportar a sua ausência?

– Nenhum dos dois está vivo, minha senhora.

Por essa resposta eu não esperava – fiquei de todo silenciada, e nunca em minha vida me senti tão embaraçada.

Carta quinta
De uma jovem dama muito apaixonada
para sua amiga

Meu tio fica mais pão-duro, minha tia, mais meticulosa, e eu, mais apaixonada a cada dia que passa. Nesse ritmo, como estaremos todos nós ao final do ano? Nesta manhã, tive a felicidade de receber a seguinte carta do meu querido Musgrove.

Sackville Street, 7 de janeiro

Completa-se hoje um mês desde que contemplei pela primeira vez minha adorável Henrietta, e o sagrado aniversário precisa e deverá ser comemorado de um modo adequado ao dia – escrevendo para ela. Jamais esquecerei o momento no qual sua formosura primeiro irrompeu em meu campo de visão – nenhuma passagem de tempo, como você bem sabe, poderá apagá-lo da minha memória. Foi na residência de Lady Scudamore. Bem-aventurada Lady Scudamore, por viver a menos de uma milha da divina Henrietta! Quando a adorável criatura primeiro entrou na sala, ah!, quais foram as minhas sensações? Contemplar você foi como contemplar uma coisa maravilhosa e refinada. Sobressaltei-me – fitei-a com admiração – ela me parecia mais encantadora a cada momento que passava, e o desafortunado Musgrove se tornou cativo de seus encantos antes de eu ter tempo de me precaver. Sim, minha senhora, tive a felicidade de adorá-la, uma felicidade pela qual nunca poderei ser demasiado grato. "O quê?!", disse ele consigo. "Será permitido a Musgrove morrer por Henrietta?" Invejável Mortal! E poderá ele anelar por aquela que é objeto de admiração universal, que é adorada por um coronel e brindada por um baronete? Adorável Henrietta, como você é linda! Você é, afirmo, simplesmente divina! É mais do que mortal. É um anjo. É a própria Vênus. Para resumir, minha senhora, você é a garota mais bonita que jamais vi na minha vida – e tal beleza é intensificada aos olhos de seu Musgrove por lhe permitir que a ame, e por me autorizar que tenha esperança. E, ah!, angelical srta. Henrietta, o céu é testemunha de como espero ardentemente a morte de seu vilanesco tio e da depravada esposa deste, uma vez que minha princesa não consentirá em ser minha antes que o falecimento dos dois a estabeleça numa riqueza acima daquilo que minha fortuna pode proporcionar. Embora se trate de um patrimônio melhorável...

Cruel Henrietta, por persistir em tal resolução! Estou com minha irmã neste momento, e aqui pretendo continuar até que minha própria casa, a qual, embora excelente, de momento encontra-se um tanto necessitada de reparos, esteja pronta para me receber. Amável princesa do meu coração, adeus – do coração que treme ao assinar,
Seu mais ardente admirador e humilde servo devoto,

T. Musgrove

Existe um padrão para uma carta de amor, Matilda! Alguma vez você já leu uma obra-prima da escrita como esta? Tamanha sensatez, tamanho sentimento, tamanha pureza de pensamento, tamanho fluxo de linguagem e tamanho amor genuíno numa única folha? Não, nunca, posso responder por você, uma vez que nem toda garota se depara com um Musgrove. Ah, como anseio por estar com ele! Pretendo enviar-lhe amanhã a seguinte carta em resposta à dele:

Meu queridíssimo Musgrove,
Minhas palavras não poderão exprimir o quanto sua carta me deixou feliz; pensei que choraria de júbilo, pois amo-o mais do que a

qualquer outra pessoa no mundo. Julgo-o o mais amável e o mais bonito homem da Inglaterra, e com toda certeza você o é. Nunca em minha vida li carta tão doce. Escreva-me outra bem igual a essa, por favor, e diga-me que está apaixonado por mim a cada duas linhas. Quase morro de vontade de vê-lo. Como daremos jeito de arranjar um encontro? Pois estamos tão apaixonados que não podemos viver em separado. Ah!, meu querido Musgrove, você não imagina a impaciência com que aguardo a morte de meu tio e minha tia. Se eles não morrerem em breve, acredito que haverei de enlouquecer, pois a cada dia de minha vida fico mais apaixonada por você.
Como sua irmã é feliz por desfrutar em casa do prazer da sua companhia, e como devem estar felizes todas as pessoas em Londres porque você se encontra na cidade. Espero que tenha a bondade de me escrever de novo em breve, pois nunca li cartas tão doces como as suas.
Sou, meu queridíssimo Musgrove, muito verdadeira e fielmente sua, para todo o sempre,

Henrietta Halton

Espero que ele goste da minha resposta; é o melhor que consigo escrever, embora nada seja, em comparação com a escrita dele. Com efeito, eu sempre ouvira falar o quanto Musgrove era perito nas cartas de amor. Eu o vi pela primeira vez, sabe, na residência de Lady Scudamore. E, quando encontrei sua senhoria depois, ela me perguntou como me parecera seu primo Musgrove.

– Ora, dou a minha palavra – disse eu –, eu o considero um jovem muito bonito.

– Fico contente por saber disso – ela retrucou –, pois ele está loucamente apaixonado por você.

– Puxa, Lady Scudamore! – exclamei eu. – Como pode falar dessa maneira tão ridícula?

– Não, é a mais pura verdade – respondeu ela –, eu lhe garanto, pois ele se apaixonou por você desde o momento em que a contemplou pela primeira vez.

– Bem que eu gostaria que fosse verdade – disse eu –, pois esse é o único tipo de amor para o qual eu dou a mínima. Há certa sensatez na pessoa que se apaixona à primeira vista.

– Bem, felicito-a por sua conquista – respondeu Lady Scudamore –, e acredito ter sido uma conquista absolutamente completa; estou certa de que não é nada desprezível, pois meu primo é um rapaz encantador, conhece um bocado do mundo e escreve as melhores cartas de amor que jamais li.

Isso me deixou muito feliz, e fiquei tremendamente satisfeita com minha conquista. Entretanto, julguei ser apropriado bancar um pouco a grã-fina, portanto lhe falei:

– Tudo isso é muito bonito, Lady Scudamore, mas a senhora sabe que nós, jovens damas herdeiras, não devemos nos atirar aos braços de homens que não possuam alguma fortuna.

– Minha querida srta. Halton – disse ela –, estou tão convencida disso quanto você pode estar, e lhe garanto que eu seria a última pessoa a encorajá-la a se casar com alguém que não tivesse certas pretensões à expectativa de uma fortuna com você. O sr. Musgrove está muito longe de ser pobre, tanto que possui uma propriedade com renda de várias centenas de libras por ano, passível ainda de grande aprimoramento, e uma excelente casa, embora esta de momento precise de alguns reparos.

– Se é esse o caso – respondi –, nada mais tenho a dizer contra ele, e se ele é, como a senhora diz, um jovem instruído capaz de escrever uma boa carta de amor, não vejo razão, tenho certeza, para censurá-lo por me admirar; muito embora talvez eu possa não me casar com ele apesar de tudo isso, Lady Scudamore.

– Você certamente não tem a menor obrigação de se casar com ele – respondeu sua senhoria –, com exceção daquela que o próprio amor lhe ditar, pois, se não estou muitíssimo enganada, neste preciso momento você está, embora inconsciente disso, acalentando por ele a mais terna das afeições.

– Puxa, Lady Scudamore – disse eu, corando. – Como a senhora pode pensar uma coisa dessas?

– Porque você é traída por cada olhar e cada palavra – respondeu ela. – Vamos, minha querida Henrietta, considere-me como amiga e seja sincera comigo: não prefere o sr. Musgrove a qualquer outro homem que conhece?

– Por favor, não me faça tais perguntas, Lady Scudamore – disse eu, virando meu rosto para o lado –, pois não me cabe respondê-las.

– Ora, minha querida – retrucou ela –, agora você confirma as minhas suspeitas. Mas por que motivo, Henrietta, você deveria se envergonhar de admitir um amor bem colocado, ou por que se recusar a confiar em mim?

– Não me envergonho de admiti-lo – disse eu, reunindo coragem. – Não me recuso a confiar na senhora, tampouco coro ao dizer que de fato amo seu primo, o sr. Musgrove, que me sinto sinceramente apegada a ele, pois não é desonra amar um homem bonito. Se ele fosse feio, sem dúvida eu poderia ter razão para me envergonhar de uma paixão que decerto seria ruim, uma vez que o objeto seria indigno. Mas com tal figura e rosto, com o lindo cabelo que seu primo tem, por que motivo eu deveria corar ao admitir que tão superior mérito me causou impressão?

– Minha doce menina – disse Lady Scudamore, abraçando-me com grande afeto –, que maneira delicada você tem de pensar tais assuntos, e que rápido discernimento para alguém com a sua idade! Ah, como a respeito por tão nobres sentimentos!

– Não diga, minha senhora... – respondi. – É imensamente obsequioso da sua parte. Mas faça o favor de me contar, Lady Scudamore: foi seu próprio primo quem lhe falou dessa afeição dele por mim? Gostarei ainda mais dele se for esse o caso, pois o que é um amante sem uma confidente?

– Ah, minha querida! – devolveu ela. – Vocês nasceram um para o outro. Cada palavra que diz me convence mais profundamente de que suas mentes são propelidas pelo invisível poder da afinidade, pois suas opiniões e sentimentos coincidem com tamanha perfeição! Ora, a cor de ambos os cabelos não é muito diferente. Sim, minha querida menina, o pobre e desesperado Musgrove de fato me revelou a história de seu amor. Sequer fiquei surpresa... Não sei como, mas eu tinha uma espécie de pressentimento de que ele se apaixonaria por você.

– Bem, mas como foi que ele lhe fez a revelação?

– Foi só depois da ceia. Estávamos sentados junto à lareira, falando sobre assuntos banais, se bem que, para dizer a verdade, a conversa partia sobretudo do meu lado, pois Musgrove se mantinha pensativo e silencioso, quando, de súbito, ele me interrompeu no meio de algo que eu estava dizendo, exclamando num tom muitíssimo teatral: "Sim, estou apaixonado, agora o sinto./ E Henrietta Halton me destruiu!".

– Ah, que modo adorável – respondi – de declarar sua paixão! Criar dois versos tão encantadores a meu respeito! Que pena que não tenham rima!

– Fico muito contente por saber que você gostou – respondeu ela. – Com toda certeza revelam bastante bom gosto. "E você está apaixonado por ela, primo?", perguntei-lhe. "Lamento muito por isso, pois, por mais irrepreensível que você seja sob todos os aspectos, com uma bela propriedade passível de grandes aprimoramentos, e uma excelente casa, embora necessitada em certa medida de reparos, mesmo assim, quem poderá aspirar com sucesso à adorável Henrietta, que recebeu proposta de um coronel e foi brindada por um baronete?"

– *Isso* aconteceu mesmo! – exclamei.

Lady Scudamore prosseguiu:

– "Ah, querida prima", disse ele, "estou absolutamente convencido da pequena chance que poderei ter de ganhar o coração daquela que é adorada por milhares, e não preciso que você me assegure do fato para me persuadir ainda mais. Porém, sem sombra de dúvida, nem você nem a bela Henrietta em pessoa poderão me negar a magnífica gratificação de morrer por ela, de perecer como vítima de seus encantos. E quando eu estiver morto"... – continuou ela.

– Ah, Lady Scudamore – disse eu, enxugando meus olhos –, que tão doce criatura chegue a falar de morrer!

– Trata-se, com efeito, de uma circunstância comovente – retrucou Lady Scudamore. – "Quando eu estiver morto", disse ele, "que me carreguem e me depositem aos pés dela, talvez ela considere verter uma lágrima piedosa sobre meus pobres restos mortais."

– Querida Lady Scudamore – interrompi –, não diga mais nada nesse tópico comovente. Não consigo suportar.

– Ah, como admiro a doce sensibilidade de sua alma! Uma vez que por nada neste mundo eu seria capaz de feri-la demasiado profundamente, ficarei em silêncio.

– Por favor, continue – disse eu.

Ela continuou:

– E então acrescentou ele: "Ah, prima, imagine os arrebatamentos dos quais serei tomado ao sentir as queridas e preciosas gotas pingando no meu rosto! Quem não morreria para apressar tamanho êxtase! E, quando eu for enterrado, que a divina Henrietta possa abençoar com seu afeto algum outro jovem mais afortunado; possa ele ser tão ternamente apegado a ela como o desditoso Musgrove; e, enquanto *este* se desintegra em pó, possam os dois viver uma felicidade exemplar no estado conjugal!".

Alguma vez você ouviu algo tão patético? Que desejo encantador, ser depositado aos meus pés quando estivesse morto! Ah! Que mente exaltada ele deve ter para ser capaz de tal desejo!

Lady Scudamore prosseguiu:

– "Ah, meu querido primo!" respondi. "Um comportamento tão nobre como esse por certo derreterá o coração de qualquer mulher, por mais empedernido que este possa naturalmente ser; e, pudesse a divina Henrietta apenas escutar seus generosos votos pela felicidade dela, repleta de carinho como é a mente da jovem, não tenho a menor dúvida de que ela iria se apiedar do seu afeto e se esforçar por retribuí-lo." "Ah, prima!", respondeu-me ele, "não tente aumentar minhas esperanças com tão lisonjeiras garantias. Não,

não posso nutrir a esperança de agradar àquele anjo de mulher, e a única coisa que me resta é morrer." "O amor verdadeiro é sempre desesperador", retruquei-lhe eu, "mas vou lhe dar, meu querido Tom, esperanças ainda maiores de conquistar o coração dessa princesa do que lhe dei até aqui, assegurando-lhe que a observei com a mais rigorosa atenção durante o dia todo e pude nitidamente descobrir que ela acalenta no peito, embora de maneira inconsciente, a mais terna das afeições por você."

– Querida Lady Scudamore – exclamei –, isso é mais do que jamais soube!

– Pois eu não disse que você mesma não tinha ciência? "Não o encorajei", prossegui eu com ele, "contando-lhe isso primeiro para que a surpresa pudesse tornar o prazer ainda maior." "Não, prima", retrucou ele com voz lânguida, "nada poderá me convencer de que poderei ter tocado o coração de Henrietta Halton, e, se você mesma está enganada, não tente me enganar." Para resumir, minha querida, foi obra de algumas horas persuadir o pobre jovem desesperado de que você realmente nutria uma preferência por ele; porém, quando afinal ele já não mais podia negar a força de meus argumentos, ou desacreditar aquilo que eu lhe dizia, seu arrebatamento, seu enlevo e seu êxtase se manifestaram além da minha capacidade de descrição.

– Ah, querida criatura! – exclamei. – Como me ama apaixonadamente! Mas, querida Lady Scudamore, a senhora lhe contou que sou totalmente dependente de meu tio e minha tia?

– Sim, contei-lhe tudo.

– E que disse ele?

– Clamou com virulência contra tios e tias; acusou as leis da Inglaterra por lhes permitirem possuir suas propriedades quando estas são desejadas pelos sobrinhos e sobrinhas, e desejou que *ele* estivesse na Câmara dos Comuns, para poder reformar a legislação e retificar todos os seus abusos.

– Ah, doce homem! Que espírito tem ele! – disse eu.

– Ele não poderia se permitir a ilusão, acrescentou, de que a adorável Henrietta fosse se rebaixar, por causa dele, a renunciar aos luxos e ao esplendor aos quais se acostumara, aceitando em troca somente os confortos e a elegância que seu limitado rendimento poderia proporcionar a ela, mesmo na suposição de que sua casa estivesse pronta para recebê-la. Eu lhe disse que não se poderia esperar dela tal coisa; estaríamos cometendo uma injustiça com Henrietta se a supuséssemos capaz de abdicar do poder que agora tem, e que tão nobremente usa realizando tão extensivas benemerências à parcela mais pobre de seus semelhantes, para mera gratificação de vocês dois.

– Com toda certeza – falei –, eu *sou* muito caridosa de vez em quando. E o que teve a dizer o sr. Musgrove quanto a isso?

– Ele retrucou que se sentia sob a melancólica necessidade de admitir a verdade daquilo que eu lhe dizia, e que, por conseguinte, se viesse a ser ele a feliz criatura destinada a ser o marido da linda Henrietta, faria o esforço de esperar, por mais impaciente que fosse a espera, pelo afortunado dia no qual ela se visse libertada do jugo de parentes desprezíveis e capaz de se entregar a ele.

Que nobre criatura ele é! Ah, Matilda, como sou afortunada, eu que hei de ser sua esposa! Minha tia está me chamando para ir fazer as tortas, por isso adieu, minha querida amiga, e creia-me sua etc.

H. Halton

Coleção L&PM POCKET (Lançamentos mais recentes)

1058. **Pintou sujeira!** – Mauricio de Sousa
1059. **Contos de Mamãe Gansa** – Charles Perrault
1060. **A interpretação dos sonhos: vol. 1** – Freud
1061. **A interpretação dos sonhos: vol. 2** – Freud
1062. **Frufru Rataplã Dolores** – Dalton Trevisan
1063. **As melhores histórias da mitologia egípcia** – Carmem Seganfredo e A.S. Franchini
1064. **Infância. Adolescência. Juventude** – Tolstói
1065. **As consolações da filosofia** – Alain de Botton
1066. **Diários de Jack Kerouac – 1947-1954**
1067. **Revolução Francesa – vol. 1** – Max Gallo
1068. **Revolução Francesa – vol. 2** – Max Gallo
1069. **O detetive Parker Pyne** – Agatha Christie
1070. **Memórias do esquecimento** – Flávio Tavares
1071. **Drogas** – Leslie Iversen
1072. **Manual de ecologia (vol.2)** – J. Lutzenberger
1073. **Como andar no labirinto** – Affonso Romano de Sant'Anna
1074. **A orquídea e o serial killer** – Juremir Machado da Silva
1075. **Amor nos tempos de fúria** – Lawrence Ferlinghetti
1076. **A aventura do pudim de Natal** – Agatha Christie
1078. **Amores que matam** – Patricia Faur
1079. **Histórias de pescador** – Mauricio de Sousa
1080. **Pedaços de um caderno manchado de vinho** – Bukowski
1081. **A ferro e fogo: tempo de solidão (vol.1)** – Josué Guimarães
1082. **A ferro e fogo: tempo de guerra (vol.2)** – Josué Guimarães
1084(17). **Desembarcando o Alzheimer** – Dr. Fernando Lucchese e Dra. Ana Hartmann
1085. **A maldição do espelho** – Agatha Christie
1086. **Uma breve história da filosofia** – Nigel Warburton
1088. **Heróis da História** – Will Durant
1089. **Concerto campestre** – L. A. de Assis Brasil
1090. **Morte nas nuvens** – Agatha Christie
1092. **Aventura em Bagdá** – Agatha Christie
1093. **O cavalo amarelo** – Agatha Christie
1094. **O método de interpretação dos sonhos** – Freud
1095. **Sonetos de amor e desamor** – Vários
1096. **120 tirinhas do Dilbert** – Scott Adams
1097. **200 fábulas de Esopo**
1098. **O curioso caso de Benjamin Button** – F. Scott Fitzgerald
1099. **Piadas para sempre: uma antologia para morrer de rir** – Visconde da Casa Verde
1100. **Hamlet (Mangá)** – Shakespeare
1101. **A arte da guerra (Mangá)** – Sun Tzu
1104. **As melhores histórias da Bíblia (vol.1)** – A. S. Franchini e Carmen Seganfredo
1105. **As melhores histórias da Bíblia (vol.2)** – A. S. Franchini e Carmen Seganfredo
1106. **Psicologia das massas e análise do eu** – Freud
1107. **Guerra Civil Espanhola** – Helen Graham
1108. **A autoestrada do sul e outras histórias** – Julio Cortázar
1109. **O mistério dos sete relógios** – Agatha Christie
1110. **Peanuts: Ninguém gosta de mim... (amor)** – Charles Schulz
1111. **Cadê o bolo?** – Mauricio de Sousa
1112. **O filósofo ignorante** – Voltaire
1113. **Totem e tabu** – Freud
1114. **Filosofia pré-socrática** – Catherine Osborne
1115. **Desejo de status** – Alain de Botton
1118. **Passageiro para Frankfurt** – Agatha Christie
1120. **Kill All Enemies** – Melvin Burgess
1121. **A morte da sra. McGinty** – Agatha Christie
1122. **Revolução Russa** – S. A. Smith
1123. **Até você, Capitu?** – Dalton Trevisan
1124. **O grande Gatsby (Mangá)** – F. S. Fitzgerald
1125. **Assim falou Zaratustra (Mangá)** – Nietzsche
1126. **Peanuts: É para isso que servem os amigos (amizade)** – Charles Schulz
1127(27). **Nietzsche** – Dorian Astor
1128. **Bidu: Hora do banho** – Mauricio de Sousa
1129. **O melhor do Macanudo Taurino** – Santiago
1130. **Radicci 30 anos** – Iotti
1131. **Show de sabores** – J.A. Pinheiro Machado
1132. **O prazer das palavras** – vol. 3 – Cláudio Moreno
1133. **Morte na praia** – Agatha Christie
1134. **O fardo** – Agatha Christie
1135. **Manifesto do Partido Comunista (Mangá)** – Marx & Engels
1136. **A metamorfose (Mangá)** – Franz Kafka
1137. **Por que você não se casou... ainda** – Tracy McMillan
1138. **Textos autobiográficos** – Bukowski
1139. **A importância de ser prudente** – Oscar Wilde
1140. **Sobre a vontade na natureza** – Arthur Schopenhauer
1141. **Dilbert (8)** – Scott Adams
1142. **Entre dois amores** – Agatha Christie
1143. **Cipreste triste** – Agatha Christie
1144. **Alguém viu uma assombração?** – Mauricio de Sousa
1145. **Mandela** – Elleke Boehmer
1146. **Retrato do artista quando jovem** – James Joyce
1147. **Zadig ou o destino** – Voltaire
1148. **O contrato social (Mangá)** – J.-J. Rousseau
1149. **Garfield fenomenal** – Jim Davis
1150. **A queda da América** – Allen Ginsberg
1151. **Música na noite & outros ensaios** – Aldous Huxley
1152. **Poesias inéditas & Poemas dramáticos** – Fernando Pessoa
1153. **Peanuts: Felicidade é...** – Charles M. Schulz
1154. **Mate-me por favor** – Legs McNeil e Gillian McCain
1155. **Assassinato no Expresso Oriente** – Agatha Christie

1156. **Um punhado de centeio** – Agatha Christie
1157. **A interpretação dos sonhos (Mangá)** – Freud
1158. **Peanuts: Você não entende o sentido da vida** – Charles M. Schulz
1159. **A dinastia Rothschild** – Herbert R. Lottman
1160. **A Mansão Hollow** – Agatha Christie
1161. **Nas montanhas da loucura** – H.P. Lovecraft
1162. (28). **Napoleão Bonaparte** – Pascale Fautrier
1163. **Um corpo na biblioteca** – Agatha Christie
1164. **Inovação** – Mark Dodgson e David Gann
1165. **O que toda mulher deve saber sobre os homens: a afetividade masculina** – Walter Riso
1166. **O amor está no ar** – Mauricio de Sousa
1167. **Testemunha de acusação & outras histórias** – Agatha Christie
1168. **Etiqueta de bolso** – Celia Ribeiro
1169. **Poesia reunida (volume 3)** – Affonso Romano de Sant'Anna
1170. **Emma** – Jane Austen
1171. **Que seja em segredo** – Ana Miranda
1172. **Garfield sem apetite** – Jim Davis
1173. **Garfield: Foi mal...** – Jim Davis
1174. **Os irmãos Karamázov (Mangá)** – Dostoiévski
1175. **O Pequeno Príncipe** – Antoine de Saint-Exupéry
1176. **Peanuts: Ninguém mais tem o espírito aventureiro** – Charles M. Schulz
1177. **Assim falou Zaratustra** – Nietzsche
1178. **Morte no Nilo** – Agatha Christie
1179. **Ê, soneca boa** – Mauricio de Sousa
1180. **Garfield a todo o vapor** – Jim Davis
1181. **Em busca do tempo perdido (Mangá)** – Proust
1182. **Cai o pano: o último caso de Poirot** – Agatha Christie
1183. **Livro para colorir e relaxar** – Livro 1
1184. **Para colorir sem parar**
1185. **Os elefantes não esquecem** – Agatha Christie
1186. **Teoria da relatividade** – Albert Einstein
1187. **Compêndio da psicanálise** – Freud
1188. **Visões de Gerard** – Jack Kerouac
1189. **Fim de verão** – Mohiro Kitoh
1190. **Procurando diversão** – Mauricio de Sousa
1191. **E não sobrou nenhum e outras peças** – Agatha Christie
1192. **Ansiedade** – Daniel Freeman & Jason Freeman
1193. **Garfield: pausa para o almoço** – Jim Davis
1194. **Contos do dia e da noite** – Guy de Maupassant
1195. **O melhor de Hagar 7** – Dik Browne
1196. (29). **Lou Andreas-Salomé** – Dorian Astor
1197. (30). **Pasolini** – René de Ceccatty
1198. **O caso do Hotel Bertram** – Agatha Christie
1199. **Crônicas de motel** – Sam Shepard
1200. **Pequena filosofia da paz interior** – Catherine Rambert
1201. **Os sertões** – Euclides da Cunha
1202. **Treze à mesa** – Agatha Christie
1203. **Bíblia** – John Riches
1204. **Anjos** – David Albert Jones
1205. **As tirinhas do Guri de Uruguaiana 1** – Jair Kobe
1206. **Entre aspas (vol.1)** – Fernando Eichenberg
1207. **Escrita** – Andrew Robinson
1208. **O spleen de Paris: pequenos poemas em prosa** – Charles Baudelaire
1209. **Satíricon** – Petrônio
1210. **O avarento** – Molière
1211. **Queimando na água, afogando-se na chama** – Bukowski
1212. **Miscelânea septuagenária: contos e poemas** – Bukowski
1213. **Que filosofar é aprender a morrer e outros ensaios** – Montaigne
1214. **Da amizade e outros ensaios** – Montaigne
1215. **O medo à espreita e outras histórias** – H.P. Lovecraft
1216. **A obra de arte na era de sua reprodutibilidade técnica** – Walter Benjamin
1217. **Sobre a liberdade** – John Stuart Mill
1218. **O segredo de Chimneys** – Agatha Christie
1219. **Morte na rua Hickory** – Agatha Christie
1220. **Ulisses (Mangá)** – James Joyce
1221. **Ateísmo** – Julian Baggini
1222. **Os melhores contos de Katherine Mansfield** – Katherine Mansfied
1223. (31). **Martin Luther King** – Alain Foix
1224. **Millôr Definitivo: uma antologia de *A Bíblia do Caos*** – Millôr Fernandes
1225. **O Clube das Terças-Feiras e outras histórias** – Agatha Christie
1226. **Por que sou tão sábio** – Nietzsche
1227. **Sobre a mentira** – Platão
1228. **Sobre a leitura** *seguido do* **Depoimento de Céleste Albaret** – Proust
1229. **O homem do terno marrom** – Agatha Christie
1230. (32). **Jimi Hendrix** – Franck Médioni
1231. **Amor e amizade e outras histórias** – Jane Austen
1232. **Lady Susan, Os Watson e Sanditon** – Jane Austen
1233. **Uma breve história da ciência** – William Bynum
1234. **Macunaíma: o herói sem nenhum caráter** – Mário de Andrade
1235. **A máquina do tempo** – H.G. Wells
1236. **O homem invisível** – H.G. Wells
1237. **Os 36 estratagemas: manual secreto da arte da guerra** – Anônimo
1238. **A mina de ouro e outras histórias** – Agatha Christie
1239. **Pic** – Jack Kerouac
1240. **O habitante da escuridão e outros contos** – H.P. Lovecraft
1241. **O chamado de Cthulhu e outros contos** – H.P. Lovecraft
1242. **O melhor de Meu reino por um cavalo!** – Edição de Ivan Pinheiro Machado
1243. **A guerra dos mundos** – H.G. Wells
1244. **O caso da criada perfeita e outras histórias** – Agatha Christie
1245. **Morte por afogamento e outras histórias** – Agatha Christie